O Andarilho
"A Viagem Rumo ao Infinito"

Vol. 7

Capa (desenho)
Welington Vilela

Capa (programação visual)
Luiz Cláudio Medeiros

Foto (contracapa)
Tânia Cardoso

Revisão
*Alcina Drumond
Carla Maria Chabuder da Costa
Raquel Villela
Ziba Alves de Assis*

1. A DOUTRINA MÍSTICA — H. P Blavatsky
2. A DOUTRINA TEOSÓFICA — H. P Blavastsky
3. A DOUTRINA OCULTA — H. P. Blavastsky
4. A SABEDORIA TRADICIONAL — H. P. Blavatsky
5. A CHAVE DA TEOSÓFICA — H. P. Blavatsky
6. PÁGINAS OCULTAS E CONTOS MACABROS — H. P. Blavatsky
7. O ANDARILHO — Albino Neves
8. VIDA CÓSMICA — Antal Bela Bodolay, Eduardo Antônio Mendes, Magda Silva Nascimento, Márcio Marques do Nascimento, Maria Lúcia Marques do Nascimento, Osória Mafalda de Oliveira

Albino Neves

O Andarilho
"A Viagem Rumo ao Infinito"

MANDALA

Copyright © 2002 - Villa Rica

MANDALA

Rua do Serro, 1399
Santa Luzia - Cep. 33.010-350
Belo Horizonte/MG - Brasil
Tel.: (0XX) 31 3641-6843 e 3212-4600
Fax.: (0XX) 31 3224-5151

SUMÁRIO

Agradecimentos	10
Prefácio	11
Prólogo	15

Capítulo I

A chegada ao primeiro Portal	23
A formação do ser	27
A chegada ao mundo	36
Recebendo nova vida	43
Um menino de luz	49
Vencendo as perseguições e calúnias	55
O primeiro casamento	62
Constatando as palavras da velha senhora	64
Reduzindo o peso dos ombros	65
As marcas da infância	70
Aprendendo a gratidão	72
Escola: Repressão e liberdade	73
Vencendo a escuridão das drogas	76
O encontro com o Guardião do Portal	80

Capítulo II

Preparação para a nova Vida	85
A ação determina a oração	88
O aprimoramento pela paz	92
Graças a Deus	94
As dores pela defesa dos direitos humanos	97
A entrada no segundo Portal	100
Vencendo o medo	103
O poema do caminhante	106
Vida e saúde	110
A razão é a manifestação da essência	112

Lições da vida amorosa 119
Aproxima-se uma nova etapa 128

Capítulo III
Inicia-se o caminho do novo Portal 131
O enviado da Luz 133
Ensinamentos de amor 137
O despertar 141
A agonia do planeta 145
Revendo as uniões 146
As lembranças da Luz da Manhã 149
Exemplo de amor e perdão 151
As dores reforçaram os princípios 154
Amor: o elixir da vida 157
A viagem é rumo ao infinito 162
Levantando a voz pelos oprimidos 164
O alimento do corpo e da alma 171

Capítulo IV
A Mestra das Ervas e seus poderes mágicos 175
Uma nova visão 176
Enfrentar a vida é sinal de força e luz 185
O sonho tem que se tornar realidade 191
A paz é um estado de consciência 196
Ensinamentos da Mestra 200
O amor pela natureza 204

Capítulo V
Avaliações do despertar 211
O vôo nas asas da liberdade 215
A prova da vida 220
Prosseguindo a viagem 225
A força do Senhor do Caminho 232
Aproxima-se a grande hora 235
Falando com Deus 237

"O sonho tem que se tornar realidade pelas mãos do próprio criador."

Agradecimentos

Na magia deste momento, agradeço aos meus pais Albino e Pedriná, aos pais de meus pais e aos pais desses, pois sou fruto dessa árvore e, através dela, aqui estou a contar sobre "A Viagem Rumo ao Infinito". Principalmente, agradeço a Deus, o Senhor Supremo do Universo, que me concedeu vida e luz para narrar este mergulho nos abissais da existência.

Prefácio

Conheci Albino Neves quando juntos (com algumas centenas de outros andarilhos) percorremos, a pé, durante três dias, cerca de 105 Km entre a Catedral de Vitória, capital do Estado do Espírito Santo, e a cidade de Anchieta (antiga aldeia indígena de Rerigtiba), revivendo os Passos que o Beato Padre José de Anchieta, um dos maiores vultos da história brasileira, fazia periodicamente no século XVI, no litoral capixaba, na sua missão de catequese da população nativa.

Durante esta caminhada, cercados pelo azul do céu, o azul esverdeado do mar e a areia cor de mel de nossas praias, pude perceber rapidamente a grande figura humana que ele é, sua filosofia e princípios de vida, o que me causou forte admiração pela sua pessoa. A sensibilidade, simplicidade e maneira de amar o próximo fazem dele uma pessoa muito especial e, certamente, altamente merecedora de todos os dons que Deus concedeu-lhe, o que poderá ser constatado ao longo desta maravilhosa leitura.

Neste seu livro "*O Andarilho – A viagem Rumo ao Infinito*", percebe-se o seu amor pelo Artífice do Universo, sua busca pela paz interior, seu prazer em viver na plenitude todos os momentos de sua existência e a felicidade que tem ao compartilhar com o amigo leitor seus aprendizados obtidos ao longo da vida, muitas vezes, fruto de um mix de alegrias e tristezas, mas sempre com muito otimismo, comprovando o salmo bíblico que diz: *"O choro pode durar uma noite, mas a alegria vem ao amanhecer"*.

Na descrição de sua viagem rumo à Montanha Sagrada, você vai constatar que, ao longo de sua vida, por diversas vezes, Deus deu-lhe grandes provações, mas sempre o protegeu, transformando-o num "ser iluminado", para que ele pudesse transmitir a todos nós suas experiências e, certamente, concluir sua missão nesta terra.

Nesta viagem às profundezas do seu próprio ser, verifica-se a importância do nosso Andarilho esquecer suas amarguras, ressentimentos e dores do passado e concentrar seus pensamentos nos bons momentos, nas vitórias e realizações efetuadas, ressaltando sempre a importância do perdão, da gratidão e do respeito à individualidade do próximo. Em um momento de grande emoção, a mãe biológica do nosso Andarilho, ao perder um filho, diz: "Foi a vontade de Deus, e isso eu não podia mudar". Essa serenidade e resignação também é demonstrada na mesma filosofia materna de que temos de "ver em tudo e todos a melhor parte".

Em vários instantes de sua longa Caminhada à Montanha Sagrada e nos seus contatos com o Senhor do Caminho e com a Mestra das Ervas, recebemos inúmeros ensinamentos que são fundamentais para todos aqueles que buscam a felicidade neste mundo.

Confesso, finalmente, que, além de honrado com o convite para redigir este prefácio, fiquei, também, muito emocionado em poder apresentar esta belíssima obra ao leitor. Você certamente lerá e relerá "O Andarilho", tornando-o seu livro de cabeceira.

Lucas Izoton Vieira[*]

---

[*] Lucas Izoton Vieira é engenheiro, empresário da marca de moda jovem *Cobra D'agua* e autor dos livros "*O vôo da Cobra*", uma autobiografia, e "*O Caminho Mágico*", onde descreve suas experiências no Caminho de Santiago de Compostela. Além de dirigente de várias entidades empresariais no Brasil, é instrutor das Nações Unidas para o Programa de Empreendedores.

"*É preciso que o homem desperte para o seu aprimoramento pessoal...*

O aprimoramento pessoal é o caminho, a fonte da sabedoria inesgotável, na qual é facultado ao homem beber o máximo de aprendizado na vida. É ele a forma ideal de produzir vibrações harmônicas, em sintonia com a orquestração da unicidade das vidas do planeta, como caminho único pelo qual o homem, como espécie, poderá encontrar a verdadeira fórmula da paz, da felicidade, da prosperidade e da harmonia, no constante progredir."

Ao dizer essas palavras, o Guardião ficou mudo e, naquele mesmo instante, até o ar parecia não correr, pois um silêncio profundo tomou conta de toda a atmosfera, e eu fiquei ali, parado e imóvel, com o aprendizado que havia acabado de receber, pois me encontrava além da própria meditação, mergulhado no paraíso do infinito.

Furtando seus pedaços, consigo preencher parte de mim, mas reconheço que isso é apenas uma forma de guiar-me, de orientar-me nessa imensidão de nebulosas, por onde vagueiam meus pensamentos mais íntimos.

Prólogo

Sinto-me feliz por ter captado, através de minhas andanças, os ensinamentos que passo a dividir com todos vocês, irmãos e companheiros deste planeta ou nave que flutua no vasto campo de constelações que compõem o Universo.

Escrever este livro fez-me constatar que a mente é o canal de transmissão e recepção do estágio de evolução em que se encontra cada um dentro do Universo, que quando cessa o conflito interno, os Mestres da Luz revelam-se, manifestam-se, e que a água barrenta só se torna clara quando se assentam todas as suas impurezas, sendo que assim também é a mente: só mostra a sua cristalinidade após assentar o barro das emoções, do medo, da vingança, do ódio, da vaidade, do egoísmo, da luxúria, da inveja, do ciúme e do rancor, frutos naturais da ignorância e do subdesenvolvimento mental.

A Viagem fez-me constatar que só rompemos barreiras quando deixamos pulsar dentro de nós, de forma lúcida e consciente, a razão, como bússola orientadora a nortear cada trecho da caminhada, de modo que, ao atingirmos o ponto por nós traçado, todos os momentos tenham sido absorvidos em sua plenitude e de cada um tenha sido subtraído aquilo que de melhor proveito possa integrar o bojo de nossa existência, como seres inteligentes que somos.

Descobri em "A Viagem Rumo ao Infinito" que aquele que não se aplica, que não reconhece a importância da roçada, por certo, ao lançar a semente à terra, já terá seu corpo cansado devido à falta de amor no roçar para o preparo da terra, pois a mesma satisfação que temos ao comer o fruto, devemos ter ao roçar e ao semear, visto que cada ato feito com amor, por mais difícil ou mais simples que possa parecer, deverá sempre ser um momento de realização, em respeito à unicidade de cada um.

Senti o primeiro gosto da vitória e da vida, mas também tive a experiência, pela primeira vez, de provar o sabor da solidão, da angústia e da frustração, no momento da formação de meu ser, visto que o encontro entre o espermatozóide e o óvulo fez desaparecer todos aqueles que não tiveram a mesma sorte da penetração e da fecundação, mesmo tendo as mesmas chances e as mesmas expectativas de vida. Aquela primeira dispersão aos pés da Montanha Sagrada deixou-me claro que a Viagem seria recheada de surpresas, além das belezas naturais e do encontro com o Mestre.

Naquela hora, pude compreender que a viagem de todo ser humano dá-se no meio de um turbilhão de estágios, sorte ou predestinação, através de uma

Força Suprema. Assimilei um pouco mais a respeito de toda a trajetória que me conduziu até o cume da Montanha Sagrada. Uma trajetória constituída de momentos de dor e prazer, tristeza e alegria, trevas e luz, fracassos e vitórias, que me impulsionaram para frente, a crescer a cada instante, na certeza, a princípio inconsciente, de que, sem eles, não poderia avançar no desconhecido caminho em que deveria encontrar o Mestre e desfrutar de tantos aprendizados.

Espero que este livro possa trazer a cada um a mesma satisfação e as descobertas que obtive ao percorrer as montanhas Atlânticas, no paraíso das lembranças, e que o Mestre floresça dos abissais de todo aquele que busca a luz de seu desenvolvimento na "Viagem Rumo ao Infinito."

Com carinho,

O autor

"A confiança, a fé, a esperança, a garra, a vontade e a determinação daquela mulher eram alguns dos ensinamentos que ficaram gravados em sua memória, e, sem aqueles princípios, o Andarilho sabia que dificilmente conseguiria atravessar o caminho e, muito menos, conquistá-lo para contar sobre aquelas passagens."

CAPÍTULO I

A formação do Ser

"Caminhe, navegue, voe, liberte-se, antes que o tempo se vá e, com ele, leve seus sonhos, sua felicidade e, por fim, sua própria vida."

Ele havia feito uma longa caminhada até o instante em que, ao receber em suas meditações esta mensagem, descobriu a existência de algo mais do que os simples atos do dia-a-dia, bem como que cada ação dentro do Universo, constituída de unicidade própria, possui um significado ímpar, mas ainda não compreendia bem como isso se operava.

Determinado a encontrar as respostas nos caminhos secretos, resolveu viajar para as montanhas, pois sua intuição indicava-lhe que lá daria o grande mergulho no poço da vida, transpondo as nebulosas opacas da mente e adentrando no ilimitado Portal da Luz, onde o saber é robustecido pelo encontro dos 'eus' e pelo aniquilamento das abstrações e dos temores, como ponto de partida para o descobrimento da Montanha Sagrada.

Há muito, o Caminhante do Universo vinha sendo preparado para a empreitada a que se propusera. A mensagem recebida foi apenas o despertar para o chamamento àquela nova etapa de vida.

Apesar do êxito profissional e pessoal que havia conquistado na jornada até então empreendida, ele precisava percorrer um novo caminho, para poder melhor avaliar e compreender suas ações dentro do Universo. Entender o porquê da árvore produzir de acordo com a semente plantada e com o modo do plantio, para reconhecer, então, a razão dos frutos colhidos ao longo dos campos da vida, muitos dos quais lhe amargaram a boca, enquanto outros lhe afagaram a essência, acalmando-lhe as entranhas e as dores sentidas.

Desta forma, num certo dia de inverno, princípio da década de 90, o Andarilho dormiu na casa de um casal de amigos, próximo ao local onde, no dia seguinte, iniciaria a viagem que o marcaria como um iniciado e um mestre.

Para começar a jornada, pôs-se de pé antes de raiar o sol, podendo ouvir o lúgubre pio das corujas fechar a noite e o canto alegre dos pássaros anunciar o nascer de um novo dia. Descobriu, naquela hora, que estava diante da essência não apenas do planeta ou do homem, mas da constituição do próprio Universo.

A caracterização dos opostos fez com que constatasse a manifestação da lei da bipolaridade, da qual o Universo é constituído, bem como a harmonia com que a luz rapidamente invade a escuridão da noite de forma suave, sem ferir o encanto de ambas.

O Andarilho maravilhou-se com a variedade de cores indescritíveis que transformavam o céu numa pintura de rara semelhança, culminando com o romper da aurora. Somente o Sumo Senhor do Universo, com Sua grandeza, poderia criar os quadros que surgiam na multiplicidade das formas e cores que despontavam no céu.

Ao som das águas das corredeiras, do canto dos galos e do mugir do gado, lavou o rosto na água gelada, tomou o mel matinal, parte de seu ritual diário, acompanhado de uma mentalização energética de saúde e equilíbrio, e agradeceu ao Senhor do Universo, Criador de tudo e de todos, a carga de energia, fonte de saúde e vida, gerada da beleza e do perfume das flores colhidas pelas abelhas dos campos num bailar de cânticos e plasticidade, do qual resulta a formação de uma simbiose perfeita que produz o maravilhoso efeito energético.

Sentado junto ao fogão à lenha, serviu-se de uma caneca do chá que havia sido preparado por seus amigos com erva-mate e capim-cidreira, adoçando-o com açúcar mascavo, e saboreou alguns pedaços da broa feita com fubá de milho novo, moído em moinho d'água.

Após o desjejum, com sua mochila e embornal preparados, pôs-se a caminho daquilo que ele mesmo não sabia o que era. Algo que, durante longos anos, havia sido o principal objetivo de sua vida. Mesmo nas vezes em que se desviara do caminho da luz e da sabedoria, atravessando tempestades que o afastaram momentaneamente da rota, manifestara-se com determinação e coragem rumo ao retorno à luz que cria existir.

O caminho na Montanha Sagrada teria um início penoso, pois nele deveriam ser revistas as pegadas deixadas ao longo dos trajetos percorridos até aquela nova etapa, sendo que tais recordações eram uma necessidade inconsciente do próprio Caminhante, pois não conseguimos beber água limpa em copo sujo, da mesma forma que, enquanto a mente não dispensa os entulhos colhidos ao longo da vida e não está em plena harmonia, não conseguimos manifestar o Mestre interno.

Decidido a fazer a caminhada, o Andarilho mostrava, no vigor de seus passos, a determinação do cidadão do Universo em buscar as respostas no paraíso infinito das lembranças, junto à Montanha Sagrada da consciência.

Despediu-se de seus amigos, dos quais recebeu a lata de broa para reforçar a alimentação, deixando com eles um fraterno abraço e um olhar misto de gratidão e de suspense, este provocado pela expectativa do início da jornada.

Antes de entrar na mata, o Andarilho percorreu estradas cercadas por morros, cachoeiras, nascentes de águas límpidas e rica vegetação, onde os liquens constantes atestavam a pureza do ar. Um lugar mágico e fascinante, onde, segundo os moradores da região, habitam fadas, duendes e outros seres evoluídos e puros como as águas encontradas no caminho por ele percorrido.

Logo a civilização foi ficando para trás, para que o Andarilho mergulhasse no profundo de seu ser ao encontro do nada, do insólito, de algo que ele precisava viver ou reviver. A caminhada transformá-lo-ia num ser dotado de maior responsabilidade, e isso era a garantia para prosseguir em sua jornada evolutiva.

Aproximava-se da mata fechada, onde deveria dar início ao caminho que o conduziria ao topo da montanha, aquele lugar de significativas recordações.

A chegada ao primeiro Portal

Ao penetrar na mata, descobriu que os caminhos eram vários. Por algum tempo, ficou parado, observando, buscando decidir qual deles deveria seguir, visto que, em épocas passadas, a falta de uma observação imparcial e independente fizera-o andar em círculos, retardando seu avanço e desenvolvimento.

Seu olhar perdeu-se no infinito, como que chamado aos pés da Montanha Sagrada da Consciência, às profundezas dos 'eus', à imensidão da memória, para desvendar o destino que traçara até aquele momento e o que traçaria dali para frente. Da sua escolha dependia o seu aprendizado, e deste aprendizado surgiria a forma mais propícia para evoluir, para vencer as empreitadas apresentadas pela vida naquela e em outras situações.

Sua visão tornava-se perplexa com a biodiversidade daquele lugar, onde eram encontradas centenas de espécies vegetais por menor área do planeta. O Caminhante do Universo estava numa das 'ilhas' que não sofreram a ação da inundação ou do congelamento no período do Pleistoceno, ocasião em que quase toda a Terra foi tomada pelas águas ou coberta pelo gelo.

Aquela parte da Mata Atlântica foi uma das poucas regiões do planeta que não foram atingidas durante tal período, servindo de viveiro natural de plantas e animais que sobreviveram para restabelecer a vida na Terra, pois delas se deslocaram os seres vivos terrestres que repovoaram o planeta após as águas assentarem-se.

Depois de um longo tempo envolto pelo clima de reflexão, preparando-se para dar aquele importante 'mergulho', após ter caminhado sem medo durante a sua existência por trilhas e atalhos, sempre buscando o aprimoramento, o Andarilho deu o primeiro passo da viagem que se tornaria a mais importante de sua vida. E pelos encantos, pelo aprendizado, pelos ensinamentos Sagrados que conquistaria, perceberia que não poderia guardá-los só para si.

Na medida em que vai caminhando, o Andarilho procura o encontro com o verdadeiro mestre interior de cada um, descortinando que, para percorrer o caminho, é preciso estar pronto, querer receber de coração e mente abertos tudo o que vier após a decisão de adentrar nos Portais da Consciência, na Mansão do Desenvolvimento, para alcançar a Infinita Sabedoria Divina que habita dentro de cada ser.

Já no início da jornada, o Caminhante pressentiu que a atmosfera estava tomada de um toque de beleza e magia que entorpecia o seu ser de forma singular, que só os que buscam a harmonia são capazes de sentir.

O frescor da mata sussurrou-lhe: "Na caminhada, aquele que tiver olhos, verá, e o que tiver ouvidos, ouvirá. Porém, aqueles que tiverem todos os sentidos latentes, por certo, despertarão e também percorrerão o caminho ao lado de seu Mestre, e conseguirão atravessar os Portais que conduzem à Integração com o Universo. Para chegar a este ponto, é necessário queimar no Fogo Sagrado da Luz a dor, a amargura e os ressentimentos e deixar que sejam forjadas nele as graças das vitórias e das realizações, num profundo expressar de gratidão pela conquista de mais um passo na escala ascensional do ser. As passagens vividas impregnam a vida daqueles que buscam. Algumas permanecem escondidas no profundo do ser e são despertadas na medida em que se procura avançar na direção da Luz, visto que só a Luz tem a capacidade e a energia necessárias para dissipar as trevas e as ilusões criadas pela própria mente do homem".

Movido por sua coragem e desejo de evoluir, o Andarilho caminhava sem se preocupar com o que encontraria pela frente. Desta forma, não previa para onde iria ou se enfrentaria muitos obstáculos. Também não imaginava que percorreria caminhos que estiveram escondidos no âmago de seu ser ao longo de sua vida, atuando de forma decisiva em seus pensamentos, palavras, atos e ações, pois estavam aderidos como uma ostra grudada à pedra, e, só depois que cruzasse o primeiro Portal, seria capaz de entendê-los, deixaria de ser uma ostra para mostrar o brilho da pérola, até então, opaca e oculta.

A magia do lugar, o canto dos pássaros e o cheiro da mata virgem marcavam aquele momento, no qual o Andarilho foi tomado por uma paz experimentada poucas vezes até aquele instante. Tal sensação impulsionou-o para frente. A princípio, com passos acelerados que arqueavam aquele corpo de quase dois metros, o qual andava como se quisesse voar e abraçar aquele lugar de rara beleza e significativas lembranças. Aos poucos, foi habituando-se aos encantamentos e relaxando da emoção causada pela majestade do caminho e por ter principiado a empreitada.

Na medida em que se entregou à viagem, passou a senti-la de forma mais forte e tranqüila, caminhando como se vagasse sem rumo, dando início ao seu desprendimento pessoal, para poder receber tudo que estava por vir, atirando-se do penhasco exterior num grande mergulho nas profundezas de seus abissais. Na singularidade das coisas e dos seres está situada a exemplificação do todo, e é esta a metafísica da vida, portanto, seria preciso manter-se em harmonia com tudo que no Universo existe, para que pudesse alcançar a base da montanha do saber, a qual se oculta na individualidade de tudo e de todos.

Tomado por uma determinante fixação em seu objetivo maior, o Andarilho percorria uma alameda de árvores de proporções variadas, quando, de súbito, viu-se deslocando daquele caminho até o ponto de partida de sua atual vida, experimentando o sabor da primeira dispersão ou do primeiro encontro.

Como se despencasse nos labirintos da existência, o Andarilho voltou ao princípio, à sua aparição nesta vida. Teve a feliz surpresa de assistir a toda a formação do ser físico no qual habita.

A formação do ser

Tudo teve início em meados de junho de 1953, na então capital do Brasil, cidade de São Sebastião do Rio de Janeiro. O Andarilho viu quando, após o encontro de dois seres que resolveram sagrar-se pelos laços do matrimônio, unindo, então, seus corpos, milhões de espermatozóides lutavam bravamente entre si, na tentativa de invadir o óvulo e nele se instalar. Naquele local apenas um deveria penetrar, sobreviver e ali fecundar a nova vida. De lá, onde tudo começou, partiu o Andarilho na revisão de sua trajetória.

Observou a luta de perto e pôde sentir a vontade de sobreviver em todas aquelas minúsculas partículas de vida, as quais buscavam crescer e multiplicar a espécie humana. Um conflito inarrável, acompanhado por ele de maneira ímpar, não apenas como mero espectador, mas como peça principal de todo aquele processo, afinal, ele era o espermatozóide vitorioso daquela batalha pela sobrevivência.

Retornar àquele momento trouxe-lhe certa aflição, pois, apesar de já ter ultrapassado décadas desde o instante em que sentiu o primeiro gosto da vitória e da vida, relembrou que também naquele momento sentiu, pela primeira vez, o sabor da solidão, da angústia e da frustração, visto que a fecundação e o encontro entre o espermatozóide e o óvulo fizeram desaparecer todos aqueles que não tiveram a sorte da penetração e da fecundação, apesar de terem as mesmas chances e as mesmas expectativas de vida.

A viagem de todo ser humano dá-se no meio de um turbilhão de estágios, sorte ou predestinação, através de uma Força Suprema. Ele assimilou um pouco mais a respeito de toda a trajetória que o conduziu até o cume da Montanha Sagrada. Uma trajetória constituída de momentos de dor e prazer, tristeza e alegria, trevas e luz, fracassos e vitórias, que o impulsionaram para frente, para crescer a cada instante, na certeza, a princípio inconsciente, de que, sem eles, não poderia avançar no desconhecido caminho em que deveria encontrar o Mestre e desfrutar de tantos aprendizados.

O frescor da mata refrigerava a efervescência do primeiro encontro, forjado na têmpera do útero, no lume da vida, na formação do ser, marcando o início de uma nova etapa e de um novo tempo.

O Andarilho concluiu, ante aquela primeira experiência, que conhecer é ter informação, enquanto vivenciar é saber, e saber é não ter dúvidas do que se aprendeu ao se viver. Por esta razão, toda dor é pouca diante do triunfo de vencê-la, e cada degrau conquistado é mais um que ficou para trás na vasta escalada evolutiva.

Foi só iniciar a jornada, descobriu que tudo que pensara sobre a viagem nada seria ante a realidade que teria que experimentar para chegar ao alto da Montanha, seu principal objetivo naquele instante de busca. Vislumbrava poder, de seu cume, avistar o horizonte e sua plenitude, bem como assistir à magnitude do brilho que sua imensurável luz produzia naquelas alturas sem fronteiras, sem saber que, muito além das belezas que descobria em seu caminho, estava a profundeza dos ensinamentos que eram desvendados.

Sentiu que todos os caminhos que haviam ficado para trás teriam que ser revistos e que o fim de cada um era o início daquele que resolvera percorrer, pois todos estão interligados à magia provocada pelo sincronismo do Universo, através do fio mágico da própria vida que nos liga ao Sumo Senhor e Criador do Universo.

Compreenderia, ao longo do caminho, que o Universo existe para servir-nos e que dele podemos receber tudo que necessitamos, com menos desgastes, menos esforços e resultados sempre satisfatórios, desde que saibamos estar abertos às emanações vindas de seu pulsar, estando tais benefícios reservados para todos que se designem penetrar no caminho da evolução e da Luz. Caminho que, para ser percorrido, requer que deixemos de lado muitos dos conceitos e sentimentos que só dizem respeito a normas estabelecidas pelo homem, de acordo com suas conveniências, muitas delas totalmente distantes dos verdadeiros princípios estabelecidos pelo Sumo Senhor do Universo.

Ainda estava na mata fechada, onde sua visão não era muito maior do que era na partida. Não sabia ele que não eram os olhos que deveriam enxergar, mas a mente, desvendando a névoa da ignorância e deixando de lado os conceitos preconcebidos, para perceber os verdadeiros valores da existência da vida e dos seres.

Para percorrer o caminho, seria necessário estar sempre aberto, sem prejulgar fatos ou atos, pois, só assim, seria possível fazer uma análise independente, justa e imparcial. E tal análise seria fundamental para a interpretação do caminho e das conquistas realizadas ao longo dele. O Caminhante aprendeu que, quando agimos dentro deste princípio, fazemos da vida o templo sagrado da oração, através da constante vigília dos pensamentos, palavras e ações. Desta forma, estamos prontos para alcançar aquilo que desejamos, pois, em consonância com o Todo, pulsamos e vibramos de forma uníssona com o Universo, recebendo dele tudo aquilo que nos cabe por Direito Divino, fruto da semente plantada e do modo do plantio.

O conjunto das espécies diferentes, com aromas próprios, provocava um perfume que inebriava toda a atmosfera do lugar. Os pássaros e animais silvestres formavam com seus pios, cantos, chiados e trinados uma sinfonia de suave recepção auditiva. O Andarilho notou que todo aquele lugar pulsava e vibrava num único diapasão, orquestrado pelo Arquiteto Supremo. Sentiu-se enobrecido por poder estar ali, fazendo parte daquele mágico refúgio, o qual fortalecia seu corpo, refrigerava sua mente e elevava o seu ser.

O encanto daquelas paragens enfeitiçara-o desde o primeiro instante. Envolvido pela contemplação da beleza exuberante, porém singela, daquele lugar de magia indescritível, retornou à etapa da gestação.

O Caminhante do Universo pensava que o instante da fecundação fosse o que mais o surpreenderia no início da viagem. Não previa o que o aguardava pela frente, nem as sensações que experimentaria antes mesmo de ultrapassar a barreira uterina para a vida individual.

Viu-se no útero materno, crescendo e tomando forma. Sentiu, pela primeira vez, o amor daquela que o trazia em seu ventre e que nascera para ser mãe. Aquela mulher, sem dúvidas, tinha consciência da sublime missão de procriar e dar continuidade à existência da espécie humana, tinha o prazer de gerar a vida.

Que sensação maravilhosa estar crescendo envolvido por todo aquele amor! Em poucas oportunidades ele sentiria novamente um amor tão forte, pois aquele ser transmitia-lhe um amor singular: o amor de mãe.

Dentro daquele ventre recheado de amor, pensou nas mulheres que, ao descobrirem que trazem no interior de si uma vida, rejeitam-na, assassinando o ser que habita dentro delas e que tanto lutou para existir. Não perquirem sobre suas responsabilidades para com as vidas que ceifam, nem sobre a sagrada missão que lhes foi confiada. Desconhecem os danos causados ao Universo e, da mesma forma, as conseqüências geradas por eles em suas próprias vidas.

Prosseguindo na viagem do nascimento, relembrou as sensações do princípio de sua formação como um ser criado com a sublimidade de possuir uma mente à imagem e semelhança do Arquiteto Supremo do Universo.

Ali, sem ao menos saber que do outro lado estava a luz e a individualidade, uma individualidade que já nasce dual, descobriu que o que era apenas uma minúscula parcela de vida entre tantas outras arremessadas num momento de prazer e de amor, em seu encontro com o óvulo, deu início à formação de um ser perfeito e iluminado.

Viu-se sendo criado por duas metades formadas por duas fontes diferentes de DNA, as quais traziam consigo, através da transmissão genética de seus antepassados, as informações e a base de várias vidas. Sentiu estar, ao mesmo tempo, no fim e no início da jornada da vida, tendo como base a fusão de informações de sua mãe, de seu pai e de seus antepassados, para formar e produzir a construção de sua própria personalidade, seu próprio querer, sua própria vida.

O retorno à sua formação, aliado à beleza daquele lugar, com suas plantas de variados matizes e perfumes, provocaram um estado de êxtase, no qual ficou mergulhado.

Apesar de ficar numa só posição, totalmente envolto em líquido amniótico, sentia uma enorme satisfação. Observando o seu desenvolvimento no útero materno, constatou que tinha braços perfeitos, enquanto tantos são mutilados; que tinha pernas perfeitas, enquanto tantas nunca deram um passo sequer; que tinha olhos que a tudo viam, enquanto muitos semelhantes aos seus sequer viram algum dia o nascer do sol, o clarão da lua cheia em noites de inverno ou a beleza das flores; que tinha uma boca perfeita, com a qual podia falar e expressar seus sentimentos, enquanto tantas nasceram mudas; que tinha ouvidos que a tudo ouviam, enquanto muitos jamais ouviram o canto de um pássaro, o sopro dos ventos ou o barulho das ondas quando chegam à beira da praia; que tinha uma mente perfeita que lhe permitia reviver todos estes momentos, enquanto muitos sequer sabem os seus próprios nomes, necessitam de outros para alimentá-los ou dar-lhes banho. Concluiu, naquela hora, que todas as graças que dava, em todos os dias de sua vida, por todos esses privilégios, ainda eram poucas diante da magia que era ser perfeito.

Reviver aquelas passagens fazia parte da consolidação de suas convicções. Tudo parecia um sonho, uma espécie de recompensa por suas lutas, dores e sofrimentos, somados à sua coragem e determinação em caminhar na direção dos Portais da Luz inseridos em sua busca.

O Caminhante ficou ali durante algum tempo, sentindo uma enorme paz aliada a uma profunda reverência por ter tido o privilégio de observar a missão de sua genitora, que, além dos sete filhos que trouxe a esta vida, gerou outros que deixaram de nascer por vontade divina, sendo que sequer conseguiram ver a luz do dia, morrendo antes mesmo de concluírem sua formação.

Envolvido em suas recordações, reviveu um dos momentos em que presenciou sua mãe perder um dos filhos, passando uma noite inteira a sangrar, pois moravam num lugar afastado da cidade cerca de trinta quilômetros e não tinham carro nem telefone. Após perder quase todo o sangue do corpo, ela, que era branca como a neve, ficou quase transparente. Apesar de tudo, apesar das dores que sentia e que estavam estampadas em sua face, dizia: "Tenham calma, meus filhos. Tudo vai terminar bem e, se Deus quiser, não perderei a criança".

Quando não conseguia levar a tarefa da procriação até o final, a mãe do Andarilho levantava a cabeça e dizia: "Foi vontade de Deus e isso eu não podia mudar". E prosseguia na luta diária com seu exemplo de vida, seu trabalho e dedicação para criar os sete filhos.

Ele se lembrou de que a todos os filhos aquela mulher deu o mesmo amor e o mesmo carinho, sentimentos que externava a todas as pessoas indistintamente.

Cada vez que a imagem de sua mãe vinha à mente, maior tornava-se a admiração por aquele ser de pura Luz, cujo coração era doce como um favo de mel, um poço de amor e bondade. Nunca lhe faltou confiança e compreensão para com o seu semelhante. Sempre via em tudo e em todos a melhor parte. Sua pureza e ingenuidade transcendiam o tempo em que ela vivia.

A lembrança de sua mãe foi imprescindível para que ele empreendesse a caminhada, pois reforçava inúmeras atitudes que deveria ter para conquistar seu objetivo.

Sentia-se honrado por ter sido gerado no interior de um ser tão evoluído, com quem aprendeu as lições que enobrecem o ser humano e que devem fazer parte do trajeto de todos aqueles que querem percorrer o caminho da Luz, da evolução e da sabedoria.

Após aquele instante de recordações e encontros, sentiu aumentar sua responsabilidade ante a vida e os seres, face aos ensinamentos exemplificados nas ações de sua mãe.

A confiança, a fé, a esperança, a garra, o amor, a vontade e a determinação daquela mulher ficaram gravados em sua memória. Sem aqueles princípios, o Andarilho dificilmente conseguiria atravessar o caminho e, muito menos, conquistá-lo.

A chegada ao mundo

Depois de ter acompanhado a toda sua formação, foi-lhe permitido assistir ao exato momento em que transpôs o portal da dualidade que o ligava à sua mãe, rompendo o invólucro que o manteve vivo no útero materno.

O Andarilho, aquele espermatozóide vitorioso, depois de presenciar a formação do ser, aprofundou-se no vasto campo da memória e dos registros existenciais, observando quando sua mãe entrou em trabalho de parto, ocasião em que, num instante mágico de vida, ele pôde sentir a força e as dores daquela mulher. Suas dores, no entanto, eram aliviadas pelo grande amor que sentia pelo filho que estava para nascer. Seu primogênito. A sua primeira experiência como mãe.

A felicidade de sua genitora não deixava dúvidas no Andarilho de que havia sido gerado num profundo oceano de amor e ternura.

Foi um parto difícil. Devido ao estreitamento vaginal de sua mãe, seu crânio foi comprimido, aumentando o tamanho da parte superior de sua cabeça, o que lhe causou a deformidade denominada bossa.

Quando a mãe o viu, assustou-se, porém, o médico acalmou-a dizendo que tal deformidade desapareceria, o que ocorreu pouco tempo após o seu nascimento numa maternidade da Zona Norte do então Estado da Guanabara.

Revendo seu nascimento, o Caminhante avaliou que o estreitamento vaginal de sua mãe pode ter sido causado por ele mesmo, por não querer deixar aquele ambiente de amor no qual se sentia seguro, como se previsse o que lhe estava reservado no decorrer da vida até percorrer o caminho da realização infinita.

Subtrair do grande baú da existência o encontro entre o espermatozóide e o óvulo e a formação da vida foi encontrar consigo mesmo, transpor a barreira do tempo, renascer! Ele carregaria para sempre a sensação de reviver todos aqueles momentos da sua gestação, mesmo após a partida de sua mãe "para as outras moradas do Pai," anunciadas por Seu Filho, o Mestre Nazareno.

Envolto pelo despertar da consciência e pela atmosfera daquelas paragens que lhe inebriavam a alma, resolveu parar às margens do caminho. Sentou-se num velho tronco de árvore para refletir sobre o que havia presenciado. Foi ali que assistiu à sua chegada ao mundo.

Quanta felicidade na chegada do Andarilho, que, vindo de uma partícula interior, encontrou a luz, descobriu o mundo. Que maravilha a luz, que fascínio exercia-lhe com seu brilho intenso! Que sensação fantástica de liberdade a de encontrar a luz pela primeira vez! Se tal luz, por um lado, provocava a cegueira das vistas, por outro, fortalecia a visão da mente, atirada no vazio das lembranças a partir daquele instante.

    Sua chegada foi cercada pelo amor de seus pais, parentes e amigos que estiveram na maternidade para visitá-lo. Nasceu com cinqüenta e quatro centímetros e cerca de quatro quilos. Muitos diziam: "Que meninão!". E seu pai afirmava: "É macho". Coisas de pai, pois, mais importante do que ser macho, como este afirmara, é ser homem, ter dignidade, ser honesto, respeitar o seu semelhante, ser íntegro. Um homem assim é o verdadeiro macho, ou melhor, tais atitudes é que realmente classificam um digno ser humano, independentemente de ser ele homem ou mulher.

    Seu regresso aos tempos do nascimento e infância deixavam claro de onde veio a base de sua coragem, determinação, amor e respeito pela vida e pelo próximo.

    Pôde perceber que os ensinamentos e a forma de ser de sua mãe, aliados aos de seu pai, impregnaram seu ser na composição genética do DNA, dando-lhe a força necessária nos momentos em que, como Fênix, teve que ressurgir das cinzas.

    Coube a ele, durante muitos anos, a tarefa de cuidar dos irmãos menores, pois sua mãe, a fim de assegurar-lhes o alimento do dia-a-dia, sequer aguardava o fim do resguardo para pôr-se a trabalhar, enquanto seu pai, na ocasião, entregava-se ao álcool, deixando todo o fardo do sustento da família nas costas daquela nobre criatura, que nem nos momentos de maiores dores reclamava da vida, de sua luta, de seu trabalho ou de sua missão.

Deparando-se com aquelas lembranças, o Andarilho reconheceu o quão fantástico foi ter nascido através daquela bondosa criatura. Durante a jornada, teria certeza de que foi este laço forte que o fez sobreviver às dores, perseguições e calúnias por ele sofridas, apagando as mágoas e o sofrimento e afastando o ódio, a raiva e a vingança.

Pondo-se a caminhar, o Andarilho percorreu longo trecho sem reparar ao seu redor, envolto pelo encantamento das lembranças que surgiram para revitalizar o seu ser com os princípios da determinação, do amor, do trabalho, da responsabilidade e da coragem.

Enquanto caminhava, refletia que sua mãe partira no meio da sua trajetória, sem que ao menos ele pudesse, de alguma forma, recompensá-la por tudo que lhe deu. Por algum tempo, a dor do remorso ficou dentro dele, mas foi desfazendo-se na medida em que passou a exercer os ensinamentos por ela ministrados, exemplificando-os em sua vida.

Ao relembrar os ensinamentos maternos, recordou o que ela disse no dia 28 de março de 1985, no leito de uma clínica, quando ele completava trinta e um anos. De alguma forma, sabia que seria a última vez que a veria viva, fato confirmado onze dias após. Daquele encontro, restou-lhe as palavras: "Perdoa teu pai, ele está mudado!"

A princípio, o Andarilho só guardava as dores e recordações dos maus tratos infligidos por seu pai a ele e à sua mãe. Aquela névoa de rancor pairou sobre sua cabeça durante algum tempo, não lhe permitindo enxergar as mudanças de seu pai e, muito menos, o quanto ele fora útil e importante nos momentos da enfermidade de sua genitora. Tal estado fazia-o relutar em atender o desejo de sua mãe.

Só mais tarde, conseguiu descobrir que naquelas palavras estava o perdão dela ao seu pai. E mais: nelas estava inserido o princípio da sua própria libertação.

Na verdade, o Andarilho só compreendeu o último pedido de sua mãe pouco tempo antes de iniciar a viagem rumo ao infinito, durante a qual descobriria que, sem tal compreensão, não lhe seria permitido percorrer os caminhos da Montanha Sagrada, pois o principal passaporte para a jornada é constituído sobre os pilares do perdão, da gratidão e do respeito à individualidade do ser. Afinal, além do Senhor Supremo do Universo, quem mais tem o direito de julgar os atos de quem quer que seja?

Um inesperado lufar de vento levantou a poeira que lhe havia cegado por algum tempo, fazendo com que guardasse a revolta pelos maus tratos que recebera de seu pai na infância. Nas horas de cólera, o pai nele batia com tudo que estivesse pela frente: pau, corrente de ferro, fio de aço ou mangueira. Porém, não era seu pai quem batia, mas o álcool que nele agia. Foi preciso perdoar seu pai e compreendê-lo, para poder libertar-se. Até na última hora, aquela mulher mostrou-se realmente forte, uma guerreira. Mesmo diante da dor e da morte, ainda encontrou forças para atirar-lhe a corda, a fim de salvar-lhe a vida abafada pelo rancor das recordações.

Revendo sua história, o Caminhante constatou que esta lhe impôs tornar-se embrutecido durante algum tempo, devido às muitas passagens dolorosas. Quando conseguiu superá-las, sua mãe não pôde ver sua transformação interior, que hoje divide com os companheiros de jornada.

A cegueira dissipou-se na medida em que percebeu que a maior revolta era consigo mesmo, por não ter conseguido encontrar-se antes da partida da mãe, nem ter tido a oportunidade de acolhê-la, como hoje faz com seu pai, que mora numa casa construída para o mesmo na Chácara Luz da Manhã, vivendo sob a sua proteção e carinho nas montanhas de Minas Gerais, numa pequena cidade do interior. Queria tê-la abraçado mais e magoado menos em sua juventude, correspondendo melhor àquele profundo amor que ela lhe deu durante a existência. Queria que a mãe soubesse que ele conseguiu vencer sob a égide de seus princípios e ensinamentos, de seu amor e respeito pela vida e pelo ser. Aquele era um sonho que não pudera realizar, tornando-se para ele, durante algum tempo, motivo de frustração.

Devido a tais lembranças, o Andarilho viu lágrimas verterem em seus olhos e seu peito apertar.

Aquela passagem representou o lufar do despertar e do arrependimento e, acima de tudo, reforçou suas convicções, transformadas, com o tempo, em bálsamo, aliviando as dores que sentiria ao longo da caminhada.

Tinha consciência de que não poderia retroceder no tempo para mudar as atitudes impensadas, imaturas, covardes e injustas cometidas por ele a quem lhe deu a vida e tanto amor, mas constatou que, ao despertar em outros filhos maior respeito e atenção pelas suas genitoras, estaria demonstrando respeito por sua própria mãe. Tal constatação fez cessarem as lágrimas e o aperto no peito.

Desde então, buscando aliviar as dores de outras mães que sofrem e vivem as mesmas dores que sua mãe sofrera, passou a orar à Grande Força do Universo para que esta produzisse a luz em cada filho e em cada pai, a fim de que eles reconhecessem o valor da verdadeira vida e descobrissem, a tempo, que a vida de loucuras, ociosidade, drogas e violência é uma profunda ilusão que afasta do caminho da Luz e provoca dor em nós e naqueles que nos amam, tirando o brilho do olhar e a própria razão de viver.

De súbito, o Andarilho foi despertado pelas águas de uma corredeira e andou até a mesma através de uma trilha rodeada por lírios silvestres, envolvido pelo perfume suave que desprendiam as flores.

Sentou-se às margens da pequena corredeira, tomou um gole d'água e passou a observar, nos arredores, a beleza das flores brancas, cujo centro é tomado por um azul tênue em forma de coração e por um amarelo contrastante. Sentiu-se integrado àquele lugar. Se não fosse ter que beber nos riachos do tempo as águas barrentas da vida, não deixaria mais aquele recanto.

Entretanto, o que buscava não estava apenas nas belezas daquele lugar, mas nas profundezas do seu próprio ser. Desta forma, não se desviando da sua introspecção pelo caminho da vida, com passos firmes continuou a jornada.

Recebendo nova vida

Lembrando dos caminhos percorridos anteriormente, o Andarilho constatou o quão tolo e irresponsável fora durante algum tempo, muitas vezes, colocando aquele corpo perfeito em risco de ser mutilado e morto.

Numa delas, chegou a morrer. Era 26 de janeiro de 1976. Em Coroa Grande, litoral do Estado do Rio de Janeiro, ele, sua mãe, esposa e irmãos festejavam o aniversário de seu pai e de um padrinho de seu primeiro casamento. Quando ia mergulhar de uma altura de cerca de doze metros num poço de uma cachoeira, escorregou e caiu em cima das pedras, onde ficou completamente imóvel, morto. Tudo foi presenciado por sua mulher, que estava grávida de sua primeira filha, sua irmã e outras pessoas que se banhavam naquele belo recanto da natureza.

Seu corpo estava lá embaixo, estendido, sangrando, imóvel. Ele estava no alto, desprendido do corpo a mais de cem metros de altitude.

Sentia-se flutuando num azul jamais visto no céu mais limpo, invadido por uma sensação de liberdade da alma, algo sem explicação. Uma liberdade plena, sem dogmas, sem paixões, sem receios.

Aquele azul de tom suave, um tanto angelical, transmitia-lhe uma paz indescritível. Ele e o azul eram um.

Naquele momento, o Andarilho preencheu o seu ser de uma harmonia inimaginável. Mas, apesar de todo o encontro, de toda a paz e harmonia, sua missão chamava-o e ele tinha que prosseguir.

Ao ver-se desfalecido em cima daquela rocha, constatando que ocorrera a morte de seu corpo físico ou o desprendimento de seu espírito, rogou ao Criador de todos os seres que lhe desse mais tempo de vida: "Senhor, não permita que eu morra justamente agora, depois de tudo que aprendi, pois tenho muito a fazer".

Ao pronunciar aquelas palavras extraídas do profundo de seu ser, de suas certezas e intuições, ele já não estava mais na imensidão do azul, flutuando no céu, mas de volta ao seu corpo, lúcido e consciente. Atirou-se, então, na água e nadou até a outra margem do poço onde deveria ter mergulhado.

Todos os que assistiram à queda estavam apavorados, visto que houve grande estrondo quando aquele homem de noventa quilos caiu em cima da rocha sólida. O barulho havia ecoado por dentro da mata como se fosse amplificado.

Alguns vieram, assustados, em seu socorro. Ao tentar subir na pedra para sair da água, não sentiu o apoio de suas pernas. Novamente clamou ao Senhor do Universo: "Minhas pernas, perdi minhas pernas. Por favor, não deixe que isso aconteça."

O Andarilho, após retornar àquele momento, ficou por alguns instantes a vagar, perdido no vazio que sentira ao relembrar aquela cena. Deslocou-se à altura daquele azul de magnífica lembrança, buscando forças para refazer-se daquela sensação de dor e de perda da vida, para, como um velho guerreiro, prosseguir como observador e agente do desenrolar dos acontecimentos que culminariam com a sua condução ao topo da Montanha Sagrada.

Sua mente, naquela hora, abria uma nova página para a enciclopédia do ser.

O caminho mostrava-se mais interessante a cada passo. Os tons de verde multiplicavam-se dentro da mata. Somente o Supremo Criador poderia conceber aquele lugar que encanta a todos que ali conseguem chegar. Somente Ele poderia oferecer ao Andarilho a possibilidade dos encontros e análises, privilegiando-o com a posse de uma mente perfeita, capaz de guardar todas aquelas recordações.

Continuando a refletir sobre a queda na cachoeira de Coroa Grande, o Caminhante lembrou que teve de ser carregado por centenas de metros entre as pedras. As pessoas estavam apavoradas com a quantidade de sangue que jorrava, sem parar, de seu calcanhar esquerdo. Foi conduzido a um hospital público da Zona Oeste do Rio de Janeiro, onde ficou constatado que sua perna direita estava quebrada e o calcanhar também, em quatro partes. O pé esquerdo havia sofrido um grande corte, recebendo setenta e cinco pontos, entre internos e externos. Suas nádegas estavam completamente enegrecidas pelo sangue pisado. Seu corpo estava danificado.

Era grande a dor causada pelos ferimentos. E ele precisava passar por tudo novamente na caminhada, para reafirmar a importância da gratidão pela vida que recebera.

Apesar do acidente, sua determinação e força de vontade fizeram com que, alguns anos mais tarde, ele se tornasse detentor de várias medalhas e troféus como jogador de peteca, esporte que exige muito das pernas e dos pés, o qual é praticado por centenas de milhares de atletas em Minas Gerais.

Enquanto caminhava, foi surpreendido por um galho que despencou de uma árvore, caindo no caminho à sua frente. A queda do galho alertou-o para o quanto a prudência é importante na jornada, tendo sido a falta de prudência o motivo do acidente que lhe tirou a vida momentaneamente. Percebeu, naquele instante, que, através da observação cuidadosa e da decisão equilibrada, a prudência manifesta-se como porto seguro das ações que determinam o caminho a ser seguido por cada ser dentro do Universo.

Ao receber do Senhor Criador uma nova oportunidade de vida, o Andarilho pensava que já havia sofrido o bastante. Não supunha que teria que retirar outros espinhos e espinheiros do caminho, maiores e mais fortes do que os já passados, e recolher a couraça que escondia seu verdadeiro ser, para que esse resplandecesse.

Ele ainda não havia despertado, apesar de todos os sofrimentos. Faltava consolidar os ensinamentos necessários para adentrar num novo e melhor estágio de sua longa jornada.

Quando buscamos a Luz, o saber e o evoluir, nossa lapidação requer que observemos cada instante, que amadureçamos cada sentimento, para que passemos pelos obstáculos da maratona da vida conscientes do porquê de cada um deles. Só assim, podemos reparar os desvios causados dentro do Universo, tirando deles tudo que de bom puder ser subtraído. Afinal, como poderemos afirmar sobre o estado de um degrau da escada, se o pularmos e passarmos para o degrau seguinte?

O Caminhante teria que reparar os danos causados ao longo de suas andanças e, sob a égide da balança da lei que rege o Universo, fundamentada no princípio segundo o qual para cada semente atirada à terra nasce um fruto, colher os frutos que havia plantado. Deveria rever os degraus intermediários, purificando o seu ser através da compreensão, para, então, passar para uma nova fase e experimentar uma nova vida, com o plantio de novas sementes em novos campos.

Os micos e sagüis, saltando nas árvores aos gritos e grunhidos, pareciam dar-lhe as boas-vindas, distraindo-o para que desafogasse suas emoções.

Após refazer-se da aventura na cachoeira de Coroa Grande, verificou que as passagens até ali revistas serviram para reforçar no guerreiro a idéia de que, se com sua armadura de princípios havia vencido as batalhas até então travadas nos campos da vida, também venceria mais aquela empreitada.

Encantado com o som e o perfume que emanava a floresta tropical, seus sentidos faziam-se aguçados, o que lhe permitia absorver através da pele a umidade desprendida pelos seres que habitavam aquele oásis de intermináveis recordações. Uma umidade que renovava os seus tecidos e energizava todo o seu corpo, fortalecendo-o para a travessia dos portais.

Um melro coberto por uma bela plumagem encantou-o com seu canto melodioso. O Caminhante, observando-o por entre aquelas frondosas árvores, foi novamente envolvido pelo despertar da consciência. Navegou pelo tempo, deparando-se no seio materno: primeiro alimento após sua chegada ao mundo.

Ao sugar o néctar da vida, redescobrindo aquele amor que sentira no estágio intra-uterino, pôde perceber o porquê de ser o amor a plenitude das satisfações e a fórmula mágica da paz e da evolução, caminho primordial para o ser humano encontrar-se plenamente feliz.

Um menino de luz

Passados poucos meses após a sua chegada ao mundo, lá estava ele engatinhando pelo apartamento em Copacabana.

Seu desenvolvimento, de tal forma acelerado, fez com que os médicos sugerissem a seus pais que o trancassem em quarto escuro, a fim de acalmar-lhe as peraltices e a ansiedade de querer ser e estar em vários lugares ao mesmo tempo.

Ainda não havia completado o primeiro ano de vida, e já andava e falava.

Que maravilhoso foi poder comunicar-se! Que prazer a locomoção independente! Começar a falar foi descobrir a fórmula mágica de melhor entender e ser entendido.

Após os primeiros passos e as primeiras palavras, que a princípio pareciam difíceis, descobriu que mais difícil era firmar os seus passos e isentar suas palavras, reverenciando as que representassem a verdade, a sensatez e o equilíbrio, caminho pelo qual o homem aprimora-se, afinando-se com a sintonia do Universo em busca de aninhar-se nos braços do Pai.

Ao começar a falar e a entender, passou a captar informações vindas de todas as direções. Desta forma, teve que aprender a selecionar toda informação captada, estabelecendo na mente mecanismos capazes de absorver apenas o que lhe era desejável.

Sua precocidade trouxe-lhe sérios problemas de saúde, colocando-o de frente com a morte pela primeira vez. Tudo começou ao visitar sua madrinha, uma exímia pianista que residia em Botafogo, ocasião em que uma amiga da família, encantada com o ativo menino, deu-lhe uma caixa de chocolates, a qual ele devorou inteira, o que lhe causou uma grave disenteria bacilar.

A imprudência da boa senhora, que lhe deu o chocolate com a melhor das intenções, mas sem o devido discernimento, fez com que aquele menino ativo, que amava a liberdade e vivia fazendo peraltices pelo apartamento e falando sem parar as poucas palavras que sabia, ficasse entre a vida e a morte no Hospital dos Servidores do Estado, sendo desenganado pelos médicos, que, para salvar-lhe a vida, já haviam tentado todos os recursos de que dispunham na época. Suas veias já não tinham mais onde furar e era alimentado através da carótida. Dali em diante, só dependia de Deus.

Certo dia, na oficina mecânica em que trabalhava, seu pai, que trazia no semblante traços de preocupação e dor, comentou com um cliente sobre o delicado estado de saúde do filho primogênito. O homem, como um enviado do Céu, disse-lhe que havia uma senhora rezadeira em Benfica, subúrbio do Rio, que poderia curá-lo.

Apesar de, na época, não acreditar em milagres, seu pai falou sobre o ocorrido à esposa, que chorava o tempo todo. Sua mãe não pestanejou. Logo falou com os médicos sobre o assunto, pedindo-lhes autorização para levar o filho a Benfica.

Mesmo não acreditando que a tal mulher pudesse curá-lo com suas preces, aqueles profissionais liberaram-no sob a responsabilidade de seus pais, que deveriam retornar logo, para que ele não desidratasse, pois não ingeria líquidos e evacuava sem parar.

No dia seguinte, partiram cedo para Benfica.

No local indicado por aquele senhor, foram recebidos por uma mulher de cerca de oitenta anos e pouco mais de um metro e vinte centímetros de altura, a qual foi logo dizendo: "Ainda bem que vocês chegaram a tempo. Se demorassem um pouco mais, não poderíamos salvá-lo!". Após dizer aquelas palavras, pediu que tirassem sua roupa e deitassem-no numa colcha branca de renda. Seus pais argumentaram que ele estava evacuando sem parar e iria sujar a colcha. Ao que ela respondeu: "Não se preocupem, ele não vai mais evacuar".

Solicitando a seus pais que se retirassem do recinto, pôs-se a rezar, emitindo vibrações de amor em suas preces, que o fizeram adormecer, após muitos dias sem dormir direito devido às fortes dores.

Ele acordou daquele sono profundo horas depois. Pediu água, falou algumas palavras confusas com a pouca força que ainda lhe restava e voltou a dormir.

Seu pai não acreditava no que via. Então a velha senhora disse: "A fé que vem por meio de Jesus é que dá a este saúde na vossa presença".

O fato é que saiu dali curado. Porém a rezadeira disse a seus pais que, para que se completasse a cura, deveriam lá voltar nos dois dias seguintes.

Era mais um teste de fé do que realmente uma necessidade, pois retornar àquele lugar nos dias subseqüentes foi uma tarefa nada fácil. Ocorreram vários imprevistos com o veículo que os transportava, mas seus pais foram persistentes e cumpriram o sugerido pela benzedeira.

Passados alguns dias, ele já estava de volta às peraltices e à vida, completamente recuperado. Seus pais resolveram voltar à casa daquela velha rezadeira, levando-lhe uma lembrança como sinal de gratidão, visto que ela não cobrara para rezar. Ao chegarem ao local, descobriram que aquela senhora, como por encanto, havia desaparecido. Ninguém sabia de seu paradeiro. Na casa em que foram recebidos por ela durante três dias consecutivos, os moradores disseram que sequer a conheciam.

De tanto seu pai insistir, o morador da casa autorizou-o a entrar em sua residência, onde pôde constatar que o homem não estava mentindo e que, apesar da casa e dos móveis serem os mesmos, lá só existia o tal senhor, sua mulher e os filhos pequenos. E todos afirmavam que aquela mulher jamais foi vista naquela casa.

Inconformado com o desaparecimento, seu pai tentou encontrar o cliente que lhe indicara a rezadeira de Benfica. Porém a ficha deixada pelo cliente na oficina também desapareceu e o tal senhor nunca mais foi visto por seu pai. De alguma forma, o Universo conspirou a seu favor no dia em que foi rezado por aquela velha senhora.

O Andarilho, ao retornar àquele estágio de vida, reviveu momentos de aflição e dor. Na época em que tudo aconteceu, apesar de saber falar algumas palavras, não conseguia expressar o que sentia, nem compreendia o porquê de estar passando por todo aquele incômodo ou de ter que ficar internado durante vários dias, até a cura através daquela benzedeira.

Tal lembrança despertou-o para o quão indefesas as pequenas criaturas são ante as dores e a realidade da vida, tendo apenas o choro e o semblante de tristeza para expressar a dor e o sofrimento.

Aquele caso demonstrou-lhe o quanto o homem rema contra a maré, deixando, muitas vezes, de receber aquilo que a vida oferece-lhe sob o manto das graças do Criador, pois, quando a ciência do homem falha, a do Sumo Senhor do Universo faz-se presente com a cura através da prece, mostrando a pequenez do homem diante do Criador.

A cegueira de muitos é determinada pela visão de um único princípio ou direção, onde geralmente não está incluída a fé e a confiança em Deus ou na Força Suprema que emana do Universo. Assim sendo, não consegue enxergar um palmo além do nariz, devido às suas próprias restrições que turvam sua visão.

Só a partir do instante em que se despiu dos sentimentos mesquinhos e dos preconceitos tolos, o Andarilho passou a receber da vida tudo aquilo que dela necessitava, no momento certo e na hora precisa. Isso lhe facultou menos desgaste de energia e proporcionou-lhe mais tempo para observar e viver a vida, e com ela caminhar lado a lado. Essa foi uma das lições importantes que subtraiu da majestosa jornada.

Revendo seu encontro com aquela benzedeira de Benfica, questionou o que, na verdade, havia acontecido. Quem era ela? Qual era o seu nome? De onde veio? Para onde foi?

Mas tais questionamentos não faziam sentido, pois não importava de onde veio, para onde foi ou o seu nome, o importante é que ele havia renascido nas mãos daquela mulher de luz e ela havia cumprido a sua missão de salvar-lhe a vida.

Em busca de refazer-se dos surpreendentes acontecimentos, sentou-se aos pés de um centenário jequitibá-rosa. Diante de tal magnitude, descobriu que deveria despir-se de tudo que o prendera à vida anterior, para, puro como veio ao mundo, poder abraçar aquele espécime e ouvir a sua seiva correndo lenta e suavemente em suas veias.

Retirando dos pés o calçado, começou a despir-se de tudo que cobria o velho corpo, para que nele penetrasse a verdadeira vida através da energia reinante naquele lugar, aquela que viria assegurar-lhe a maior de todas as conquistas: cantar e vibrar em uníssono com o Universo, fundamentado no equilíbrio e na sabedoria.

Ao retornar ao túnel do tempo, recordou-se que, vinte anos após o episódio em Benfica, encontraria alguém com as mesmas características da velha rezadeira.

Vencendo as perseguições e calúnias

Por infantilmente bancar o valente, dizendo em locais públicos, por várias vezes, o nome do principal assassino pertencente a um grupo de extermínio temido na região onde residia, bem como por criticar as ações dos policiais que matavam e torturavam pessoas às margens de um rio próximo a sua casa, respaldados pelo exemplo do regime vigente, imposto pelo golpe militar que abateu o país três dias após o Andarilho completar dez anos de idade, o mesmo acabou contraindo para si anos de tormento e apreensão.

Não demorou muito para que ele sofresse as conseqüências de seus atos impensados, sendo seqüestrado e preso a mando dos que ele afrontava com suas acusações.

No trajeto para a cadeia, assistiu aos policiais matarem uma pessoa, recolherem no meio do caminho uma outra que já haviam exterminado e enterrarem ambas num local por ele desconhecido. Após todas essas barbáries, penduraram-no nu nas grades do xadrez para tomar choque elétrico. Só não foi morto porque teve a lucidez de gritar para eles: "Meus pais conhecem gente importante, militares. Se vocês me matarem ou sumirem comigo, terão que dar conta de meu paradeiro". No entanto, não foram apenas suas palavras ou a coragem de dizer as mesmas que o salvaram, mas sua vontade de viver, sua fé e, acima de tudo, sua confiança em Deus, que ouviu suas preces e clamores.

Depois de todas aquelas mazelas, foi solto graças a sua mãe, que, sendo massagista facial de pessoas influentes, solicitou à mulher de um coronel do Exército que telefonasse para a delegacia onde estava preso, a fim de saber seu paradeiro e qual crime havia cometido.

Aquele telefonema levou os policiais a soltarem-no, pois muitos deles eram nomeados politicamente e quem mandava eram os militares.

Mas seus algozes não se deram por satisfeitos. Pressionaram duas pessoas que haviam tido o comércio assaltado dias antes a imputarem o crime ao Andarilho, ameaçando matá-las juntamente com suas famílias. Como a fama dos matadores era conhecida, tais pessoas acusaram-no e o mesmo teve sua prisão preventiva decretada sob a acusação de assalto à mão armada, segundo a qual, ele teria colocado uma arma na cabeça de uma criança de três anos de idade. Até ser absolvido, carregaria aquele fardo por doze longos anos.

Poucos anos depois do ocorrido, criou um jornal através do qual denunciava os erros políticos, os poderosos e criticava a ditadura militar. Os denunciados pelo jornal, a fim de desacreditar suas denúncias, tentavam, através de cópia das acusações, desmoralizá-lo. O Andarilho também recebia constantes ameaças de morte de pessoas que se intitulavam membros de grupos de extermínio. Foram tempos difíceis, que pareciam infindáveis, mas que serviram para testar sua índole, poder de compreensão, determinação de vencer, coragem e, sobretudo, a sua fé.

Ter que recordar aqueles momentos em que sua vida esteve presa por um frágil fio, nos quais conheceu a selvageria humana de forma aterrorizante, provocou dores e contrações em seu corpo, que só foram aliviadas após despertar daquelas lembranças e constatar que se encontrava naquele belo lugar, na viagem da purificação, onde lavou suas entranhas impregnadas daquelas recordações juvenis.

Depois de tomar fôlego, recordou que, devido à perseguição da polícia, teve que fugir do Rio de Janeiro, enquanto seus pais tentavam revogar a prisão preventiva decretada pelo juiz de direito mediante a representação da autoridade policial, aquele mesmo matador que o prendera e torturara. Enquanto se manteve foragido, esteve em vários lugares, geralmente no interior, afastado das grandes cidades.

Num destes lugares, em Minas Gerais, enquanto rezava fervorosamente, pedindo a Deus que perdoasse àqueles que o perseguiam, que o protegesse e que iluminasse o juiz de sua causa, pois há muito não via seus pais e irmãos, uma mulher de baixa estatura, com a descrição daquela benzedeira de Benfica, porém vestindo um hábito que lhe cobria a cabeça, não permitindo que o rosto fosse visto, sentou-se à beira de sua cama e, confortando-o, disse: "Meu filho, ser perseguido é melhor do que perseguir. Ser injustiçado é melhor do que cometer injustiça. Ser caluniado é melhor do que caluniar. Um dia, o que persegue será perseguido, e o que comete injustiça e calunia terá que pagar por seus erros. E isso acontece quando menos se espera. Portanto, não queira que o seu semelhante sofra a dor que você está sentindo, nem emita para ele vibrações de ódio ou de vingança, mas confie em Deus, pois todos os atos que cometemos, para o bem ou para o mal, são como o bumerangue, vão e voltam, e, na volta, geralmente pegam o infrator desprevenido. Além do mais, lembre-se de que Jesus morreu por nós, pregando o amor e defendendo os injustiçados e caluniados, e na cruz disse ao Todo Poderoso: 'Pai, perdoa-lhes, pois eles não sabem o que fazem!'".

Aquelas palavras, ditas com uma voz angelical, revigoravam totalmente o seu ser, proporcionando-lhe uma profunda paz interior e confortando-lhe de uma realidade recheada de crueldade e barbáries, que não conhecia nem dos filmes, visto que, naquela época, em sua casa não havia televisão, mas que foram por ele encaradas na flor da juventude.

E aquela senhora continuou a falar ao Andarilho: "Existem missões e missionários. Não basta dizer que acreditamos em Deus, ou que perdoamos aos ofensores, a fim de buscar Seu perdão ou compaixão, é preciso que saibamos tirar as partes boas de toda situação da vida, não importando se ela se apresenta boa ou ruim, ou se cometemos um ato certo ou errado. Aquele que passa pela vida e não tira o espinho do pé e o espinheiro do caminho, para que outros não se firam, não consegue tirar proveito de suas dores. É como um aluno que não aprende direito a lição e tem que repetir o ano escolar, passando por tudo novamente. Temos que aprender a lição, meu filho, se queremos passar para um novo estágio de vida, pois esta é a única forma de continuarmos a caminhar, é esta a vida dos que buscam a verdade e a evolução espiritual. Não devemos ter dúvida do amor do Supremo Criador, pois nenhum pai que ama seu filho castiga-o, se ele não faz por merecer. Quando você, por infantilidade, gabava-se e afrontava quem o perseguia, você os feria e agredia, e hoje sofre as conseqüências dos atos impensados e imaturos cometidos naquela ocasião. Na verdade, foi você quem despertou naqueles homens o ódio, ao bradar, para que todos pudessem ouvir, que eles eram assassinos, membros de grupos de extermínio. Agora, é preciso que se conscientize disso, pois só depois de conscientizar-se de que você foi o maior culpado, poderá retornar para casa".

Naquele momento, o Andarilho pensou: "Eu só falei a verdade, eles realmente são criminosos."

Como se lesse seus pensamentos, ela continuou: "Sei disso, meu filho, mas você os agrediu com suas palavras desnecessárias, despertando-os para o ódio. Quanto à atitude deles, esta é uma responsabilidade deles. Se você tiver olhos, verá o que digo. Se tiver ouvidos, ouvirá seus gemidos. Se tiver o coração limpo, será capaz de compreender a ambos, quando for chegado o momento. Então, terá entendido tudo isso que lhe falo, já terá passado por mais uma prova, e estará a caminho de outras, até que seja completada a sua missão e você possa ter um assento ao nosso lado, o qual é reservado para todos aqueles que buscam o Caminho da Luz."

Aquela foi a primeira vez que ouviu falar sobre o Caminho da Luz.

No dia seguinte, sentia-se menos inseguro. Seu coração estava mais maleável, pois descobrira que ainda guardava rancor por toda a perseguição que vinha sofrendo. As palavras daquela velha senhora soavam dentro dele com o timbre de um sino de puro metal, ecoando: "Você procurou, agrediu, foi pueril, tolo e irresponsável, provocou a sua própria dor".

Poucos dias depois, conseguiu abrigo na casa de um parente de sua cunhada, aos pés do Pico da Bandeira, pelo lado capixaba. Lá foi trabalhar no plantio de cebolas com o dono da casa e seus familiares.

Foi acolhido com muito amor, tanto que, mesmo com o passar do tempo, ainda preserva tal amizade e é amado por aquele amigo e por suas filhas (algumas delas, alfabetizadas por ele naquela ocasião, quando eram pequeninas, ainda falam do feito com muito carinho e gratidão), sendo que seu filho, que, muitas vezes, sentou-se embaixo do pé de laranja para descascar dúzias daquela fruta para o Andarilho, faleceu alguns anos depois, o mesmo acontecendo com sua esposa, uma cozinheira de mão cheia que, aos domingos, fazia um frango com quiabo, comida típica do interior das Gerais, de dar água na boca.

Ao recordar aqueles fatos, constatou que, mesmo nos momentos de dor e sofrimento, ainda podemos ser úteis ao nosso semelhante, servir aos que nos servem, amando os que nos são chegados.

Ficou naquele lugar por alguns meses. De lá, retornou ao Rio de Janeiro, escondendo-se dentro da jurisdição militar, na casa de outro amigo, até que, na delegacia onde corria o inquérito contra ele, tomou posse um delegado que, sentindo que tudo havia sido armado para sua incriminação, garantiu aos seus pais que poderiam apresentá-lo, pois, após ouvi-lo, pediria ao juiz de direito a revogação da prisão preventiva, o que aconteceu poucos dias depois.

Voltou, então, a viver na casa de seus pais, naquele lugar onde fora seqüestrado. Seu medo era grande e, por meses, recordava a cena do seqüestro, da cela, do choque elétrico e das mortes. Aquelas lembranças faziam com que passasse as noites com os ouvidos grudados às janelas da casa, só conseguindo dormir quando o dia clareava, pois sabia que os assassinos só agiam na calada da noite, atitude típica dos covardes.

Foram meses de terror e medo! O Andarilho ficou emocionalmente abalado. Aquilo tudo parecia querer tirá-lo do caminho da vida digna e atirá-lo forçosamente na vida de crimes. Mas o guerreiro que existe dentro de cada ser falava mais alto, e ele acreditava que podia dar a volta por cima. E assim foi feito. Com trabalho, honestidade e determinação, foi capaz de vencer e consolidar-se como ser humano de princípios voltados para o amor, o perdão e a gratidão.

Anos depois, foi chamado a julgamento. Como seu algoz havia morrido, não podendo mais ameaçar aqueles a quem intimidara a acusá-lo por aqueles crimes horrendos, diante do juiz, uma das supostas vítimas declarou o que na verdade ocorrera, enquanto a outra se limitou a dizer que não se recordava direito de seu rosto nem do que se passara. Desta forma, mesmo sendo inocente, foi absolvido pelo princípio do *in dubio pro reo*. Recorreu da sentença, mas o Tribunal optou pelo mesmo veredicto. Talvez esta tenha sido a maior dor. A dor da injustiça.

O primeiro casamento

Após aquelas recordações, o Andarilho suspirou fundo e voltou a contemplar as maravilhas daquele recanto, do qual as suas introspecções tinham-no retirado, atirando-o aos fatos que deveriam ser digeridos enquanto os revivia.

Naquele momento, recebeu a bússola que o orientaria durante a jornada. A fórmula da condução adequada foi trazida pelo vento, que murmurou em seus ouvidos: "O homem que caminha a passos firmes, rumo à Luz, encontrará os Portais que conduzem ao sol da existência, pois, quem caminha, descobre a liberdade que existe entre o céu e a terra".

Recordando-se de que, pouco tempo depois de ter retornado para o Rio de Janeiro, casou-se rapidamente, o Caminhante percebeu que, na época, o que queria, inconscientemente, era sair daquele lugar que lhe trazia péssimas lembranças.

Casado, foi morar numa cidade nas proximidades daquela em que sofrera aquelas barbáries. Lá conseguiu um emprego de publicitário, penetrando no mundo das comunicações. Como corretor, trabalhou com afinco, merecendo o título de melhor agenciador de publicidade da Zona Oeste do Estado do Rio de Janeiro, já no primeiro ano de trabalho.

No Natal de 1976, bateu o recorde de vendas. Apesar do êxito obtido, estava sem um tostão no bolso, pois o patrão, que já havia recebido o dinheiro dos anúncios vendidos pelo Caminhante, negou-se a pagar-lhe em dinheiro, oferecendo-lhe como pagamento notas que não recebia de clientes de suas outras empresas, ligadas a outros ramos.

Ao argumentar que sua mulher estava grávida e que precisava do dinheiro a ele devido, o empresário respondeu: "Que tenho eu com isso? O filho é seu e o problema também. Se quiser receber, é do jeito que lhe propus, senão, procure os seus direitos".

Ao deixar o escritório do antigo patrão, o Andarilho escreveu sobre o ocorrido: "Esconde por trás de um belo discurso a escuridão de sua alma, enganando a alguns, enquanto a outro pensa que engana, mas não sabe ele que de uma corrente não se pode quebrar um elo. Pois um se une ao outro, e o outro ao seguinte, e aquele que só quer para si, quando perde, perde tudo, mas aquele que também dá, está com Deus e Deus com ele".

Naquele ano, aquele 'poderoso chefão', que tinha até motorista para abrir-lhe as portas de seu Ford Gálaxi, perdeu a eleição para deputado federal, começando ali a derrocada que o levou à falência.

Constatando as palavras da velha senhora

Depois de sofrer aquela decepção, saiu daquela cidade, pois não tinha como sustentar a mulher e a filha que estava para nascer, indo trabalhar justamente na cidade em que a dor das perseguições tivera início.

Já havia passado algum tempo do seu seqüestro. Por vezes, o Andarilho cruzou com o policial que havia sido o seu principal algoz, o qual sequer lembrava dele. Quem fere, geralmente, esquece. Quem é ferido, pode e deve perdoar, mas, dificilmente, esquece. Ele havia perdoado, mas não conseguia esquecer o rosto ensandecido daquele homem no momento em que o torturava.

Por força de sua profissão, soube, pouco tempo depois, que aquele policial estava com um câncer que o colocou na cama, impossibilitado de locomover-se. Também soube que o filho dele foi morto quando praticava um assalto, fato que fez o Andarilho recordar as palavras daquela senhora em Minas Gerais: "A atitude deles é uma responsabilidade deles".

Ao recordar as palavras da velha conselheira, apesar de lamentar o que havia ocorrido ao policial e ao seu filho, compreendeu a rotação do ciclo da vida, o qual se fundamenta no modo do plantio e da semente plantada, fazendo com que toda observação seja pouca na hora de plantar as sementes nos campos da vida.

Tomado por aquelas lembranças, ficou algum tempo junto ao grande jequitibá, feliz pelo que então aprendera. Era como se renascesse a cada instante.

Reduzindo o peso dos ombros

Possuído por uma força até então desconhecida, levantou-se e retornou à caminhada, continuando a descer no poço da vida e, conseqüentemente, a subir a Grande Montanha da Consciência.

Depois de um bom trecho percorrido, ouviu o barulho de uma cachoeira. Com passos firmes, continuou a caminhada, atraído por aquele som que mais parecia um cântico celestial. Logo à frente, estava ela. Pura e cristalina. As pedras pareciam sorrir ao toque das águas límpidas e frias.

Parou durante alguns minutos, extasiado com a beleza do raro quadro vivo pintado e esculpido pelo Sumo Senhor do Universo, que ali estava presente, personificado no esplendor daquela beleza singular.

Às margens da corredeira, bebeu um pouco de água e percebeu que, a cada passo, o peso sobre os seus ombros diminuía. Estava deixando para trás as dores, enquanto se revigorava com a proximidade do primeiro Portal e com a conclusão de que os caminhos tornavam-se um só, pois estavam interligados pelo fio mágico da vida que os une.

Enquanto se embriagava com o som daquela cachoeira, o Andarilho retornou à sua infância e pôde assistir ao nascimento de seu primeiro irmão e dos cinco outros, um a cada ano, durante os seis anos seguintes.

Por ser o mais velho, na medida em que os irmãos nasciam, mais aumentava a responsabilidade do jovem Caminhante, que era obrigado a cuidar dos menores, enquanto seus pais saíam para trabalhar em busca do sustento da família.

Os compromissos do Andarilho aumentavam a cada dia. Além de tomar conta de seus irmãos, tinha que lavar, passar, cozinhar e, à noite, ainda apanhava por ter esquecido de cumprir alguma das ordens ou por ter saído de casa para brincar com outros meninos. Porém uma coisa era certa: ele sempre foi tinhoso e não havia pancada que o fizesse deixar de fugir para tomar banho de mar ou de rio, soltar pipa, jogar bolinhas de gude, futebol e fazer travessuras, pois sempre foi um menino ativo. A dor nunca o impediu de viver. A carne ficou calejada pelas pancadas e marcas deixadas, mas sobreviveram o prazer e a satisfação de cada momento, indispensáveis à construção de sua liberdade.

O Andarilho pôde observar, com a revisão daquelas passagens no decorrer de suas introspecções, que não se deve guardar para amanhã as mágoas de hoje, nem de ontem. O amanhã deve ter seu próprio curso, e nele apenas as avaliações e conclusões devem perdurar como conteúdo de acréscimo, para a transformação da vida humana numa vida melhor, de forma que não seja preciso ter que passar pelo mesmo caminho novamente. Aquele que se prende a uma decepção, a uma frustração, mágoa ou sofrimento e, em virtude disso, deixa de realizar-se na vida, por certo, irá sentir-se um eterno frustrado por não concretizar seus sonhos. Tal sentimento trará, como conseqüência, o medo de sonhar novamente. E, sem sonhos, o sono torna-se pesadelo e perdido, como perdida torna-se a razão de viver.

À beira do riacho, no fluir de suas águas em forma de melodia, captava que só navega e conhece os mistérios do oceano quem deixa na areia da praia o medo e atira-se ao mar desprovido de conceitos, para viver o prazer e à aventura de sentir a liberdade em cada momento, como se este fosse o último.

Aquele riacho, que estava a centenas de quilômetros do local onde suas águas desembocariam no mar, sequer poderia supor a viagem que faria até concluir sua trajetória. Assim também é a existência humana: ora estamos no alto da montanha, ora pelos córregos e rios da vida, a descer corredeira abaixo, até nos diluirmos na terra de onde viemos.

Aquelas águas murmuravam uma suave melodia, cujo cântico ainda ecoa a alertar: "Só voa em liberdade quem se despoja do preconceito e segue de posse da razão, entregando-se ao amor a cada momento de sua vida. E quem ama é livre, porque o amor é a plenitude das satisfações, a fórmula da paz e da evolução humana, único meio de nos tornarmos realmente felizes. Até os loucos encontram a felicidade quando lhes é despertado o amor. O amor é a fusão do eu com o outro e o todo - manifesta-se das mais variadas formas. Quando amamos e somos amados, nossa realização torna-se maior. O mundo ganha novo brilho e a vida um contorno especial. Quem não ama, não vive. Quem não vive, vegeta. Quem vegeta, entrega-se, rastejando pelas sombras, sem ver e sem sentir a luz e o calor do sol. Não morre, apodrece. Na montanha ou na cidade, num castelo ou numa choupana, no inverno ou no verão, de dia ou de noite, entregue-se à vida, observe o seu passar com a certeza de que a mesma folha não cai da mesma árvore por duas vezes, cada momento é um fragmento que forma o mosaico de nossas vidas. Viva plenamente a cada instante, respeitando sua unicidade. Só assim, desvendará o mágico véu do tempo, tecido com os fios do amor do Arquiteto Supremo. Desperte e siga o seu caminho, construa a sua vida, pois da conquista de seus esforços manifestar-se-á a sua vitória."

Após receber essas palavras, o Andarilho percebeu de relance, sentada sobre as pedras da outra margem do riacho, aquela senhora cuja missão parecia ser prepará-lo para a entrada no primeiro Portal. Ele caminhou em sua direção, mas, ao aproximar-se, ela sumiu. Parecia uma miragem. Naquela hora, o Andarilho não entendeu o porquê daquela aparição e sumiço, nem que aquela reflexão repentina havia sido proporcionada por ela.

Foi despertado pelo canto da araponga, que, como batidas de um coração gigante, ecoava por entre as árvores, rios e pedras. A melodia compassada levou-o a permanecer por mais algum tempo à beira da trilha, aproveitando para fazer um lanche.

Com a certeza de que, quanto mais subisse, maior seria sua visão, aprendizado e desenvolvimento, retomou a caminhada em direção ao topo da Montanha Sagrada. Apesar do vento frio que corria por entre as árvores, sua essência aquecia-se, inebriada por todos aqueles acontecimentos.

De repente, sentiu-se voando no meio daquela maravilha multicolor de espécies que se multiplicam no que sobrou da Mata Atlântica.

As marcas da infância

O Andarilho viu-se em sua infância. Assistiu a muitas artes que fez, as quais lhe custaram mais de vinte talhos na cabeça, cada qual com três, quatro, cinco pontos, frutos de pauladas e pedradas que tomou em brigas de rua e travessuras.

As marcas não ficaram só na cabeça. Dos dez dedos das mãos, nove levaram pontos por colocá-los onde não devia. Sem falar das vezes em que quebrou alguma parte do corpo (pé, perna, joelho e braço) ou costurou outras. Até enxerto no rosto foi obrigado a fazer aos três anos de idade. Na ocasião, mudando-se do apartamento onde morava, tentava ajudar os homens da mudança, quando o tampo de cima de um guarda-roupas despencou, atingindo sua cabeça e rasgando o rosto, que, por felicidade, devido à pouca idade, teve uma rápida recuperação, restando da operação plástica a que foi submetido apenas uma pequena marca que, com o tempo, desapareceu quase complemente, tornando-se imperceptível àqueles que não sabem do ocorrido.

Durante a retrospectiva, pôde constatar que fora salvo outras vezes por alguma Força Suprema. Certa vez, aos quatro anos, quando ainda morava em Copacabana, no sétimo andar de um prédio, o danado do menino saltou a janela e atravessou andando sobre o parapeito, pelo lado de fora do prédio, indo vazar no apartamento ao lado.

Quando o vizinho foi devolvê-lo à sua mãe, ela, ao abrir a porta, foi surpreendida com o menino seguro pelas mãos daquele homem e dizendo insistentemente: "Deixe que eu volto por onde eu vim!". Assustada, a mãe indagou ao vizinho: "Como pode este menino estar aí fora, se a porta estava trancada à chave e com o trinco?". O vizinho, então, contou que ele havia passado pelo lado de fora do prédio. Sua mãe, naquele momento, ficou em estado de choque e quase teve o filho que esperava, antes de chegar a hora do nascimento.

Em outra ocasião, ele pescava na beira de um rio. Resolveu atravessá-lo com uma bolsa amarrada às costas, tendo dentro uma tarrafa e outros materiais de pesca. Quando faltavam uns dez metros para chegar ao destino programado, começou a afundar. Seus braços estavam atados, mas, ao chegar ao fundo do rio, a uns três metros de profundidade, impulsionou-se com os pés e, de forma mágica, chegou à superfície. A bolsa já havia ficado para trás, para sorte sua. Um aventureiro que nada temia, criado com o chicote da vida a arder em suas costas.

Aos onze anos de idade, seus pais mudaram-se para o interior do Estado. Deixou para trás sua infância na cidade do Rio de Janeiro, onde ele, às vezes, matava aula para tomar banho de mar, percorrer a estrada velha da Floresta da Tijuca ou passear pelas lojas em busca de petiscos.

Mudou-se para onde não havia luz nem água tratada. Desta forma, tinha que se virar tirando água do poço para tomar banho e lavar louças e roupas de toda a família. Como a água do poço era salobra demais, não servindo para beber, precisava andar cerca de quatro quilômetros a pé em busca de água potável, a qual transportava em duas latas de dezoito litros que, apesar da distância, precisavam chegar ao destino final com a água acima da metade. Caso contrário, tinha que voltar para pegar outro carregamento, não sem antes tomar uma pancada como advertência.

Aprendendo a gratidão

A ida para o interior teve o seu lado positivo. Aprendeu a dar valor e a agradecer o alimento, a água, a tudo que a vida oferecia-lhe, visto que conhecia as dificuldades em consegui-los. Compreendeu que ter gratidão por tudo é assegurar a boa colheita no tempo e na hora em que a necessidade aparece. Aprendeu a saber sobre a vida provando-lhe os pedaços, amargando o fel, mas, acima de tudo, preservando a sensibilidade de reconhecer a beleza nas flores e inebriar-se com seu perfume.

O Andarilho vagou durante um longo tempo por aquelas lembranças infanto-juvenis. Assistiu a seu trabalho no cabo da enxada, capinando o terreino de casa. Viu-se enchendo e descarregando caminhões de entulho, vendendo laranja e tangerina pelas ruas num carrinho de madeira feito por ele próprio, a fim de ajudar na construção da casa de seus pais, bem como fabricando tijolos de cimento e buscando areia na beira rio. Lembrou-se de suas pescarias em busca do alimento diário, das frutas que pegava no quintal do vizinho e dos tamancos de praia fabricados por seus pais, que eram por ele vendidos.

Retrocedendo àquela época de tantas dificuldades e de tantos aprendizados, fortaleceu-se ainda mais. Aqueles valores existentes dentro dele precisavam ser relembrados, visto que, pouco tempo depois daquela viagem, sua vida daria uma grande reviravolta, e ele se tornaria um homem bem sucedido como pai, cidadão, profissional e consultor de políticos e empresários.

Após aquela viagem, também conseguiria construir a Chácara Luz da Manhã, um recanto de beleza que recebe a admiração de todos que a visitam. Uma reverência ao passado aliada ao bom gosto e à arrojada arquitetura da construção, cuja grandeza encontra-se na simplicidade. O reaproveitamento de materiais antigos (como peças de madeira, telhas, rodas de carros-de-boi e tijolos maciços com os quais construiu a maior parte da casa-grande, com seus doze telhados), arquitetado por ele, deixava claro de onde veio a versatilidade para tal criação: de seu passado, de sua infância. Ele, que nunca foi projetista, desenhista, arquiteto ou engenheiro, construiu uma chácara de significativa beleza natural e estética.

Escola: Repressão e liberdade

A escola, para ele, significava a liberdade que não tinha em casa, onde os deveres eram constantes. Porém, de natureza irrequieta, ariano e cavalo no horóscopo chinês, não aceitava as respostas evasivas e superficiais de seus professores. A escola, que deveria ser uma fonte de aprendizado para a formação de valores e a manifestação da liberdade, sufocava seus alunos, pois era recheada de métodos arcaicos que impunham um ensino insuficiente em muitos aspectos.

Como na escola estudavam filhos de militares, muitos professores, por segurança, mediam as palavras, o que restringia a interlocução entre os mestres e os alunos.

Mas as medidas repressivas impostas não foram suficientes para anular o sentido de liberdade de alunos e mestres. Muitos tombaram no meio do caminho, abatidos pela covardia e crueldade dos que exerciam o poder. Um tirano poder! Quem não obedecesse às regras estabelecidas era perseguido, preso, torturado e até morto. Uma infância difícil para alguém que amava a liberdade e, desde cedo, mostrava a vontade de crescer, de aprender, de viver...

Inconformado com as restrições impostas, na adolescência, meteu-se, vez por outra, em conflitos com as autoridades e o sistema. Um guerreiro na luta contra as desigualdades sociais, as injustiças, a miséria, a covardia e o desrespeito ao ser humano, a favor da liberdade, dos direitos, da vida, do respeito, da justiça social e do meio ambiente. Ideais que nortearam sua vida, pelos quais pagou com a dor, o sacrifício, a perda da liberdade e a tortura de seu corpo.

Ainda cedo, aprendeu a dar valor ao trabalho e a reconhecer que este dignifica o homem e que, sem produzir, sem ser útil, o homem não tem razão de viver.

Com o passar do tempo, sem maldizer nenhum momento de sua vida, mas observando a todos igualmente, o Caminhante aprendeu que a impulsividade leva à imprudência, e esta, ao erro. O erro leva ao sofrimento, e o sofrimento conduz à dor, que produz a chaga que só é cicatrizada com o amadurecimento, o qual se transforma em equilíbrio, que, por sua vez, proporciona a paz, que eleva e consolida o homem como sábio emoldurado pela Luz Divina. No meio desse turbilhão de ações que se operam na vida, são manifestados os mais diversos sentimentos e todos têm que ser tratados com o mesmo grau de valor, servindo como pilares na construção de um ser melhor. E é o ser vivente do sentimento quem escolhe o seu caminho e a sua história, dela tendo que prestar contas ao final da jornada. Assim é a justiça que rege o Universo, e dela não escapam ricos ou pobres, negros ou brancos, crentes ou ateus.

Acordado pelo lufar do vento que parecia conduzi-lo, o Andarilho voltou àquele recanto de contemplação. Sentindo que a cada passo compreendia um pouco mais a viagem, prosseguiu sem sentir cansaço, temor ou desânimo, entre árvores ornamentadas com orquidáceas de variados tons, que contrastavam com o azul do céu.

Vencendo a escuridão das drogas

Após percorrer um longo trecho avaliando a dor e os maus tratos recebidos, o Andarilho viu uma grande caverna que o atraía como um ímã. Não resistiu à tentação de entrar naquele lugar de aparência multicolor, mas que, na verdade, era frio, escuro e úmido. O que parecia um recanto de beleza e alívio para dores e sofrimentos era, na verdade, um poço sem fundo e sem volta para os desavisados e os que não crêem na redenção através de uma Força Suprema.

Imerso naquele buraco negro, sentiu um súbito calafrio, o qual foi aumentando, causando-lhe grande pavor. Tudo foi ficando mais escuro. De repente, ouviu o ranger de dentes provocado pela contração da cocaína no sangue. Naquele estágio da caminhada em busca da Luz, a sensação de tal droga apavorou o Caminhante.

Lembrou-se de um médico que se trancava no banheiro de casa e tomava picadas até o pó acabar. No esplendor de sua juventude, sem ter construído nada que marcasse sua estada na Terra, o mesmo morreu de uma overdose.

Ainda abalado com aquela lembrança, veio a sua mente o caso de um outro em que a droga, vazando das narinas para a garganta, provocou-lhe uma parada respiratória.

Aquela droga, que danifica o cérebro, entorpece a razão, provoca a dependência e, muitas vezes, conduz à morte, fez com que outros acabassem loucos, doentes ou perdessem tudo: dinheiro, nome, família, dignidade.

Aquelas cenas dolorosas e angustiantes, recheadas de momentos pelos quais preferia não ter passado, aceleraram o seu coração. Uma forte maresia de maconha tomou conta daquele ambiente. O Caminhante começou a sentir lerdeza, apatia, um torpor igual ao provocado por aquela droga. Sentou-se e dormiu por algum tempo.

Acordou indisposto. Suspirando, recordou-se de uma carta que recebera de seu irmão, a qual dizia:

"Se um dia fizéssemos a descoberta da perfeita harmonia e felicidade, não estaríamos mais ligados às prisões da carne, atrás dos vícios, tentando descobrir coisas que já descobrimos outrora.

Às vezes, vejo-te como uma pessoa inteligente, à qual Deus deu conhecimento, sabedoria e a condição de ser diferente de todos que já conheci. Em outras, vejo-te em conflito, entregue à obscuridade, perdido nessa loucura toda, esquecendo o verdadeiro caminho, onde não dependemos das dependências, mas da consciência para a construção de um novo mundo em que o nosso desenvolvimento espiritual e o amor a todas as pessoas, plantas e animais devem falar mais alto do que qualquer ilusão que possa prender-nos e perseguir-nos.

Sei que há um longo caminho a percorrer, uma missão de significativa expressão que não pode mais ficar oculta num mundo ilusório, onde nos afastamos da família, dos verdadeiros amigos, do amor, da harmonia e da paz.

Irmão, acorda e vê tua maravilhosa importância e tua responsabilidade contigo, tua família e todos que te cercam.

Às vezes, só conseguimos enxergar quando é tarde. Aproveita os dons que Deus te deu, pois a responsabilidade é muita. Creio que é chegado o momento de parar e pensar.

Lembra-te que existem pessoas que te amam, e que os efeitos de teus atos refletem-se naqueles que te cercam e que te querem bem.

Não te ofendas por eu estar enxergando, sentindo e expondo-te esta face da vida.

Liberta-te para uma vida melhor. Vence os obstáculos do presente, como já fizeste no passado. São infinitas as possibilidades de conquistas quando banimos de nossas vidas as dependências e as limitações causadas pelas ilusões.

Amo-te, por isso te escrevo estas linhas.

Teu verdadeiro irmão, Jorge."

A carta do irmão fora importante, mas todas aquelas sensações vividas na escuridão da gruta apavoraram-no.

Buscando libertar-se daquele estágio de angústia, desespero, remorso e dor, gritou com todas as suas forças: "Eu sou dono de mim, eu me amo e amo a vida que me foi dada e em mim existe!". E suspirou forte para, naquele profundo respirar, preencher seus pulmões com a magnífica essência fluídica do Universo, de forma que pudesse recompor-se do mal-estar advindo daqueles pensamentos.

Quando pensou que tudo tinha terminado, viu-se percorrendo os pastos, revivendo uma viagem de cogumelos como a citada numa música de Rita Lee.

Certo instante, depois de todas aquelas dolorosas lembranças de experiências com drogas e loucuras, que ressurgiram como Fênix no meio de sua busca, o Andarilho ergueu a cabeça e concentrou suas forças no seu objetivo de vida. Sua determinação foi fundamental para que ele saísse do torpor provocado ao entrar na gruta escura e úmida, no carrossel das drogas e ilusões.

Retornando ao seu estado normal, observou que, durante a experiência com aquelas drogas, não havia dado nenhum passo significativo, visto que ainda estava na porta da gruta.

Aos poucos, o Andarilho voltou a si, dispersando tudo que sofrera com as drogas. Então, ao caminhar rumo ao fundo da gruta, viu uma pequena fresta da qual descia um facho de luz. De início, só olhou para cima, de onde vinha a claridade, mas, ao acompanhar aquela luz, avistou uma rara orquídea lilás com desenhos em tons amarelos e brancos. Não resistiu e sentou-se próximo àquela linda flor, sentindo o aroma doce e agradável que se desprendia daquela rara espécie. Era como ver os dois lados da moeda, a noite e o dia, numa mesma hora.

Naquele instante, pôde observar que a vida só é vida quando na plenitude é vivida, pois, quem teme, não vive e só quem ama, sobrevive, sendo que a fuga da realidade só retarda as responsabilidades. A vida é uma constante inversão de situações que se estendem do prazer à dor, da alegria à tristeza, da vida à morte, e é necessário estar preparado para vencer cada passo a fim de prosseguir na caminhada.

O encontro com o Guardião do Portal

Não se deu conta de que, durante todo aquele tempo, estava sendo avaliado, para que pudesse, ao vazar do outro lado da gruta, iniciar uma nova etapa de sua caminhada, deixando para trás todas as dores revividas desde que resolvera sair em busca do topo da Montanha Sagrada. Sabia que a cada passo dado estava mais próximo do objetivo.

Ao alcançar o outro lado da gruta, o Andarilho viu o céu azul anil de rara beleza. Havia chegado à entrada do Portal, onde o Guardião, o Senhor da Floresta, aguardava-o, sentado de costas à beira de um penhasco. Apesar de não ver o seu rosto, que estava coberto pelo capuz de seu manto, algo lhe garantia que já o conhecia, mas não sabia de onde.

E o Guardião disse-lhe: "Feliz o homem que tem humildade para aprender, dignidade para reparar os seus erros e hombridade para lutar pelo que é justo, honesto e direito. Deve o homem conhecer a si próprio, para que possa entender como agir ou que direção tomar a fim de enveredar nos portais da plenitude. A chave que todos procuram e que abre os portais da infinita sabedoria e realização está oculta no interior de cada ser, no aprimoramento pessoal de cada um, e é ela que faz com que se manifeste a elevação interior do homem. Toda fuga significa o adiamento do enfrentamento. Se você tivesse titubeado, se não tivesse coragem para enfrentar os caminhos e a gruta, vencendo a barreira das ilusões, não teria chegado até aqui e muito menos poderia ver-me e ouvir-me, pois seus pés estariam inchados e seus olhos vendados pela ilusão das fantasias, enquanto seus ouvidos estariam tapados pelo barro da ignorância, cozido na fuga e na insegurança, e não poderiam ouvir o canto que emana do Criador do Universo para alegrar e preencher o coração e a vida dos homens de felicidade, amor e realizações".

Ao ouvir aquelas palavras e manter o seu primeiro contato com aquele ser dotado de equilíbrio e sabedoria, o Andarilho ficou paralisado, estático, quase hipnotizado. Era como se não estivesse naquele lugar, pois não eram seus ouvidos que escutavam, mas seu Eu verdadeiro que ouvia, atento, a cada palavra. O Guardião daquele Portal prosseguiu: "O conhecimento de si mesmo é a bússola de orientação dos caminhos da vida. É essa bússola que traça o porto seguro da existência humana. Existem caminhos que são fáceis, mas quase nada acrescentam em termos de evolução. São ilusórios. Podem ter algum valor no conceito do homem hipócrita e vazio, mas não no conceito Divino da evolução do ser. A descoberta dos verdadeiros valores no interior do caminhante só se impõe quando é retirada a máscara da hipocrisia, da mentira, da falsidade, do egoísmo, da ganância, da luxúria. O homem tem que decidir que caminho quer tomar. Se tomar o caminho da verdade, do amor, da justiça, da humildade, da compaixão, do respeito, do perdão, da gratidão, da honestidade, verá como a vida funciona melhor em todos os sentidos e que a provisão nunca lhe faltará, pois ela é infinita, como infinito é o amor e o reconhecimento do Senhor Supremo do Universo por aqueles que O ajudam na tarefa da construção de um mundo melhor e mais justo para todos. Você escolheu este caminho para chegar até aqui. Não esqueça, no entanto, que este deve ser o caminho da consciência, e não da educação e do hábito simplesmente."

Após captar todas aquelas palavras, o Andarilho ficou a cogitar o quão difícil foi a tarefa, mas, no mesmo instante, afirmou: "Eu posso ir aonde quero e ser quem eu quiser, pois sou o dono e o condutor da minha vida até quando o Criador desejar, pois Ele é quem determina o tamanho da existência, e, enquanto houver tempo e vida, tenho que ultrapassar as barreiras necessárias para chegar ao meu objetivo: o cume da Montanha Sagrada".

O Guardião, ciente de todos os seus pensamentos, disse: "Sua coragem, determinação, vontade, busca, ação, intuição, força, saúde e paz interior serão algumas das ferramentas que terá que usar ao longo do caminho, pois trazem a prudência, a paciência e o equilíbrio necessários para a realização da travessia. Tudo depende de você, que já rompeu um bom trecho do caminho. No entanto, outros Portais somente se abrirão na medida em que você fizer por merecer. Isso pode levar um dia ou mil anos. Você é quem determinará o tempo, segundo o seu despertar e o seu comportamento ao longo da caminhada".

Ditas aquelas palavras, o Guardião desapareceu, embora o Andarilho sentisse sua presença naquele ambiente, o qual estava tomado por uma densa luz azulada e por uma fragrância suave e marcante, uma essência diferente de tudo que já sentira antes. A seguir, porém, surgiu uma densa neblina que o obrigou a procurar abrigo mais para o centro da caverna.

Para sua surpresa, ao chegar lá, não teve mais aquele medonho sentimento provocado pelo encontro com as trevas das drogas. Muito pelo contrário, sua sensação era de total integração com aquele mundo e com aqueles seres. Ele havia vencido aquela barreira, e só descobriu sua vitória e conquista após o retorno ao fundo da caverna.

O Andarilho desconhecia que, para entrar no segundo Portal, não teria que percorrer um trecho tão dolorido como o já percorrido. Aliás, pouco teria que andar, pois a entrada estava no despertar da consciência de seu interior, das passagens e dos caminhos percorridos.

"Os Portais não estão fora, mas dentro de você. São o resultado do amadurecimento, pois são as suas conclusões que mostrarão se você está preparado ou não para receber o poder que, conseqüentemente, encontram aqueles que buscam a Luz. Tal poder permite ao caminhante conviver conosco todos os instantes, neste e em outros estágios de vida ao longo dos caminhos."

CAPÍTULO II

Preparação para o novo encontro

A reflexão sobre os caminhos percorridos até o instante do encontro com o Guardião do Portal possibilitaria ao Andarilho receber as chaves para a abertura dos outros Portais, visto que havia ficado marcado, naquele primeiro Portal, que fugir é sangrar o peito, abrir uma chaga de difícil cicatrização.

Pôde aprender que a força física e a coragem não dão atestado de vitorioso a ninguém, pois muitos tidos como fortes mostram-se impotentes na hora de enfrentar a si mesmos, encarar os seus erros e repará-los, pagar o preço das dívidas contraídas no decorrer de suas andanças, muitas vezes, por falta de maturidade, conhecimento, ou mesmo por leviandade, prepotência, desequilíbrio, covardia, ganância e desonestidade. Aquele pensamento fez com que se lembrasse de Buda, que afirmou que 'é mais forte o homem que vence a si próprio do que aquele que vence mil homens em combate'. E recordou as palavras do Guardião: "Muitos desconhecem que não existe tempo nem distância para refazer-se a vida. Quem ama e quer o bem, deve cultuar o amor como o mais belo dos sentimentos, pois o amor habita no ilimitado espaço onde não existem restrições, guardado no profundo estado do ser, pronto para, a qualquer instante, desabrochar, independentemente da dor sentida ou da mágoa sofrida, pois o amor é o refrigerador que alivia o calor provocado por ambas. Na maioria das vezes, o homem tranca-se numa redoma, tornando-se impenetrável à luz da razão, permanecendo na ignorância e na obscuridade, pois o Senhor do Universo fala aos homens através de seus pensamentos, desta forma, se estes estão envoltos na névoa da ignorância, não é possível perceber as mensagens vindas da emanação Suprema."

As palavras do Guardião ecoavam dentro dele, fazendo-o despertar para a importância da reavaliação de cada ação ao longo da jornada.

Foi acordado por uma gota d'água que pingou no centro de sua testa. Notou, à sua frente, vários quatis que atravessavam a trilha. Ficou por algum tempo a observá-los e sentiu como se fossem todos de uma mesma família. Integrado com aquele mundo e aqueles seres, percebeu a importância da total integração como meio de aperfeiçoamento do ser.

Pondo-se de pé, prosseguiu rumo aos Portais seguintes.

No decorrer do caminho, sempre que se lembrava do Guardião, uma voz soprava-lhe aos ouvidos palavras sobre a jornada, na qual, até aquele ponto, revivera momentos de dor e angústia, os quais não mais seriam experimentados de forma tão incisiva. Sua conclusão foi confirmada ao ouvir a voz do Senhor da Floresta: "O homem precisa conhecer a si próprio para derrubar conceitos e preconceitos, e, desta forma, descobrir quem é, o que é e também como agir para manter-se de posse do domínio das situações, em total equilíbrio com o Universo".

Tal afirmativa soou como um disco de vitrola agarrado durante um longo trecho do caminho, até que não restassem dúvidas sobre a mensagem.

Com a conquista do primeiro Portal, o Caminhante aprendeu que não existe um modelo definido para a vida. Mas, se tal modelo existisse, por certo, nele estariam inseridos a sinceridade do encontro, o amadurecimento das idéias, o proveito dos momentos, a lapidação dos princípios da fraternidade e do amor, o despertar do perdão, a prática da gratidão, a certeza do cumprimento da missão... O homem, quando coloca a realidade acima de suas vontades, aceita o que a vida apresenta-lhe, confiante numa vitória maior, e luta pelo que acredita, isento da vaidade e da prepotência, para tornar-se mais justo, coerente e humano, transformando-se num ser evoluído, próspero e equilibrado.

Enquanto caminhava, aquela voz continuou: "Nas veredas da vida, descobrimos o porquê do homem ser feliz ou infeliz, rico ou pobre, calmo ou agressivo, sadio ou doente, e constatamos que existem pessoas que, aparentemente, são felizes, mas são infelizes por dentro, por não terem enfrentado a si mesmas, dispensando suas mágoas e purificando-se através do arrependimento. Devido a isso, amargam o sabor da infelicidade, sendo como um bolo belo por fora, mas vazio por dentro: oco e ilusório".

Frente a tais observações, o Caminhante pensou que não seria fácil encontrar o equilíbrio, a prosperidade, a felicidade, o amor, a alegria e a mãe de tudo: a sabedoria.

A resposta ao seu questionamento veio sussurrada pelos ventos: "É tão fácil quanto difícil, pois a felicidade ocupa o mesmo espaço da infelicidade. Só depende de nós a escolha de uma delas. Tudo será conseqüência da semente plantada, pois dela surgirá o fruto a ser colhido. A alegria e a tristeza, o belo e o feio, a riqueza e a pobreza, a vida e a morte, o bem e o mal estão tão próximos a ponto de não existir uma linha divisória que os separe. Na verdade, um está fundido no outro. Cada um escolhe a sua prática de vida, desta escolha advém o quinhão que lhe cabe por Direito Divino. A diferença está na semente e no plantio. A colheita pode demorar um dia, ou mil anos, é você quem determina o tempo, e isso já lhe foi dito".

A ação determina a oração

"É preciso que aquele que busca não se prenda apenas a orações, pois elas, sem ações, tornam-se vazias. Ouvir as palavras dos mestres sem absorver seu conteúdo e sua essência nada representa, pois só as ações determinam o crescimento do indivíduo e refletem o teor das orações", desfechou o sopro do vento.

Frente à beleza e sublimidade daquela reflexão, o Andarilho sentou-se às margens do caminho para meditar sobre aquilo que vinha recebendo, pois aprendera que a meditação é a melhor forma de ouvir as respostas às suas perguntas. Durante a meditação, ouviu em sua mente: "O sonho tem que se tornar realidade pelas mãos do próprio criador! Quem não consegue na vida uma razão para viver, por certo, vive perdido, sem ter o que na vida fazer, e, desta forma, não alcança aquilo que deseja. Os verdadeiros homens constróem seus castelos com exemplo e determinação. Assim, tornam-se grandes e são lembrados após dezenas, centenas e, até mesmo, milhares de anos após a morte. É que deles sobrevive não a imagem do corpo físico, mas os ensinamentos e o modo de vida aplicados no dia-a-dia. Só navega no vale do amor aquele que sente felicidade, prazer e alegria ao ver uma simples gota de orvalho pousada sobre a flor no raiar do dia, pois a vida é como o caleidoscópio, onde, a cada movimento, surge uma nova imagem, um novo momento, uma outra emoção. É um estado de transformação e de mudança contínua. Uma eterna aventura que requer do caminhante a vigília constante de seus atos, pensamentos, palavras e ações, para edificar sua existência com o despertar do Divino que habita no interior de cada ser. A ignorância cega quem a possui, fazendo com que o homem, animal racional, torne-se irracional, sádico e cruel. O caminhante que se apega à ignorância pode ter seu cajado quebrado e sua cegueira aumentada. Por isso, inunde seu coração de amor e resplandeça com sua luz a racionalidade. Desta forma, dispensará o cajado e, mesmo de olhos vendados, conseguirá caminhar com firmeza e segurança, pois a luz do seu caminho está além de seu corpo físico e dos seus olhos, que são facilmente iludidos. Seus pensamentos refletem-se em suas ações, visto que suas ações, e só elas, mostram quem você é".

Embalado por aquelas palavras, lembrou-se das vezes em que foi atendido sem nada pedir. Numa delas, quando viajava com a família de volta das férias, faltando aproximadamente duzentos quilômetros para chegar em casa, seu carro deu defeito numa estrada pouco transitada. Logo que ele parou e abriu o capô para averiguar o que havia acontecido, um carro parou na outra margem da estrada. O motorista chamou-o pelo nome e, oferecendo-se para ajudá-lo, deu-lhe toda atenção e apoio até o problema ser resolvido, horas depois. O Caminhante sentiu-se imensamente grato ao concluir que, em todas as vezes que precisou de socorro, esse veio a tempo e a hora, na medida de suas necessidades.

Ainda embalado pela magnificência da meditação, ouviu a voz do Guardião do Portal dizendo-lhe firme e serenamente: "É preciso que o homem entenda que, a cada vez que respira, oxigenando o sangue e preenchendo o corpo com o sopro da vida, vê-se diante de infinitas possibilidades: amor, ódio, alegria, tristeza, razão, loucura e, acima de tudo, vida e morte... O homem está perdido num tempo que lhe foi imposto, esquecendo que, a cada vida, vive, na realidade, muitas vidas. Preocupado com as regras apresentadas a ele, não utiliza sua verdadeira força e seu principal meio de comunicação com os Mestres do Universo e com a Grande Mente — que a tudo criou e em tudo está. Muitas vezes, o homem arrasta-se num emaranhado de conturbações, agindo com uma parcela ínfima de sua força, tendo, com isso, grandes desgastes. Em conseqüência, sobrevêm-lhe doenças e males dos mais diversos. Tudo isso em busca de mundos obsoletos que, na pequena história da humanidade, ruíram com o tempo. Sem uma ação mais efetiva da mente, o homem carrega consigo, rumo ao abismo da existência, além da sua própria vida, as demais vidas do planeta, agredindo o meio ambiente sem se preocupar com os efeitos de seus atos impensados. O planeta agoniza, e a legião dos que possuem esta noção tem que se multiplicar aceleradamente, caso contrário, esta grande e bela nave azul anil não resistirá e não poderá mais produzir o necessário para a manutenção das vidas aqui existentes, o que ocorrerá dentro de poucos anos, caso não sejam tomadas medidas enérgicas e urgentes. Deslumbrado com poderes efêmeros, o homem visa apenas à manutenção da 'boa' qualidade de vida de uma pequena minoria da humanidade, gerando a miséria, a fome, a violência, as pragas, a morte, a destruição e as guerras. Se o homem utilizar uma parcela maior de seu Eu Verdadeiro, de sua própria intuição, armazenará poderes fundamentados no respeito, no amor, na solidariedade, e, assim sendo, saberá que todos somos tripulantes de uma mesma nave, filhos de um mesmo Deus, frutos de uma mesma árvore, motivo pelo qual devemos preservar a nossa estrutura e respeitar-nos uns aos outros, a fim de que todos sobrevivamos".

Sentindo na voz do Guardião tristeza e preocupação com a situação imposta pelo homem ao homem e à natureza, o Andarilho constatou que o primitivismo do homem assusta e entristece os Mestres, que acabam bebendo um pouco do amargo cálice da ignorância ao buscarem salvar os náufragos da vida.

O aprimoramento pela paz

"É preciso que o homem desperte para o seu aprimoramento pessoal, a fim de que este reflita no coletivo. O aprimoramento pessoal é o caminho, a fonte da sabedoria inesgotável na qual é facultado ao homem beber o máximo de aprendizado na vida.

É ele a forma ideal de produzir vibrações harmônicas em sintonia com a orquestração da unicidade das vidas do planeta, como caminho único pelo qual o homem, como espécie, poderá encontrar a verdadeira fórmula da paz, da felicidade, da prosperidade e da harmonia absoluta no constante progredir. A verdadeira paz só é conquistada quando deixamos de sentir emoções egoístas, pois, como parte integrante do Universo, estamos sempre perto e longe de tudo e de todos. A verdadeira paz não habita fora, mas nas profundezas do interior do ser. Para desfrutarmos de sua magnitude, é preciso que adquiramos a consciência de que ter paz é estar em constante harmonia, respeitar a unicidade do todo e viver de forma a não interferir em seu ritmo cósmico. A paz não está nas montanhas longínquas, nas praias desertas ou nas profundezas do mar. Ela existe onde e quando o pensamento pulsa como o coração da Terra e do Universo, em uma única sintonia. A paz é fruto da maturidade, do desapego e do despojamento. É a semente, a luz que brilha em vários matizes e habita no interior de todo ser humano, esperando apenas ser descoberta com a retirada da névoa da ignorância, que turva a mente impregnada de egoísmo e vaidade. A paz move as constelações do Universo, pois representa a harmonia, a não violação dos espaços. Proporciona beleza, luz e sabedoria. Se queremos a paz, devemos optar por nos entregarmos à sua construção, amando e respeitando as vidas do planeta. Caso contrário, continuaremos presos ao egoísmo e à ganância, colocando mais lenha na fogueira do desentendimento e da guerra, que têm arrastado o planeta para o precipício da destruição e do caos. A paz é única e não se instala através de conveniências e divergências, mas através do entendimento, da compreensão, do amor, do desprendimento e do respeito à condição de ser e estar de cada coisa, cada fato e cada pessoa. A paz não é um estado de momento, mas um estado de consciência efetivado pelo despertar da permanência".

Ao dizer essas palavras, o Guardião ficou mudo. Até o ar parecia não correr, pois um silêncio profundo tomou conta de toda a atmosfera. O Andarilho ficou ali parado, extasiado com todo o aprendizado que havia acabado de receber, pois se encontrava além da própria meditação, mergulhado no paraíso do infinito, e pensou: "Furtando seus pedaços consigo preencher parte de mim, mas reconheço que isso é apenas uma forma de guiar-me, de orientar-me nessa imensidão de nebulosas por onde vagueiam meus pensamentos mais íntimos".

Como a própria atmosfera do caminho que percorria, o Andarilho nascia e renascia a cada instante.

Graças a Deus

O Andarilho agradeceu ao Senhor do Universo por tudo que vinha vivendo desde o momento em que resolveu adentrar na mata fechada em busca da Montanha Sagrada: "Senhor, dou-Vos graças por todos os momentos que tenho experimentado, vejo que neles tudo concorreu para meu próprio benefício. Agradeço-Vos por poder beber deste cálice a mim reservado, pelas vezes que convivi com a fome, com o frio, com a pobreza e com a própria falta da liberdade física, pois a dor daqueles momentos foi insignificante perto da recompensa que tive com o aprendizado da vivência, que hoje me permite falar sobre a dor e os bons efeitos por ela causados. Dou-Vos graças, Sumo Criador, por ter o que comer, o que beber, o que vestir, o que calçar, por meu corpo perfeito, por meus filhos e pelos filhos dos outros que eu nem mesmo conheço, por meus pais, que me ofereceram o que tinham, contribuindo muito para eu ser o que sou. Dou-Vos graças pelos pais de meus pais e também pelos pais daqueles, pois sou fruto desta árvore e nela edifiquei minha existência. Rogo-Vos, Senhor, que abençoeis a todos, de forma que possam beber dessa água e pisar nesse chão, desfrutando dessa sublime caminhada. Nada tenho a pedir, senão que orienteis meus pensamentos, atos e palavras, de forma que eu possa ser útil ao maior número de pessoas possível, que meus olhos só enxerguem beleza e harmonia em todas as pessoas, em todas as coisas, em todos os atos e em todos os fatos, protegido e orientado por Vossa Sagrada e Divina Luz que em mim habita. Muito obrigado, Senhor, por toda essa graça que tenho recebido!".

Caminhou, a seguir, até à beira de um pequeno riacho que cortava a montanha com suas águas cristalinas, acariciando-lhe todo o percurso. Deitando-se em seu leito, recebeu o batismo através das águas geladas que desciam do alto da montanha e passavam sobre seu corpo, lavando-lhe as entranhas e a alma, levando para as profundezas do oceano todas as dores e sofrimentos vividos até aquele estágio da caminhada.

Lembrando-lhe o porquê de estar ali, entre a terra, a água e o céu, um vento frio soprou-lhe aos ouvidos: "Quem não consegue molhar a terra, como pode criar os jardins, sentir o perfume das flores e observar o seu desabrochar? Se não se permite que o sonho torne-se realidade, de que, então, adianta sonhar? A terra tem que ser molhada — muitas vezes, com o suor, com a lágrima e até com o próprio sangue — para que seja possível a preparação dos que buscam os jardins da sabedoria e do desenvolvimento, no encontro com a verdadeira Luz, isento da dor e das lágrimas, de forma a receber a dádiva da harmonia proporcionada pela conjuntura da essência dos momentos que constituem a razão da própria vida. A beleza não está contida apenas na rosa, mas também no espinho. Aquele que não descobre a nudez de sua ignorância, não é capaz de expor o esplendor de seu desenvolvimento".

Debruçado sobre o que aprendera até aquele trecho do caminho, o Andarilho pensou: "O que passei, o que sofri, o que vivi! Dissolvi todas essas dores no Universo. Dos momentos e ações, só guardei o que foi bom e proveitoso. Sei que, se assim não fosse, teria que passar pelo mesmo caminho novamente, até aprender a lição ou desprender-me da ilusão. Quem guarda dores, esvai-se em sofrimentos por toda a vida, mas quem liberta as dores, acaba descobrindo as belezas ocultas nos momentos e nas ações. Saber compreender o momento, perdoar as ações e libertar o amor que existe dentro do seres, sem ressentimentos, ódios ou rancores, significa armazenar no baú da vida as verdadeiras riquezas, que as traças não comem nem o tempo corrói, pois são como pérolas ocultas que, quando libertas das ostras, mostram seu brilho com a mesma intensidade com que a luz da manhã rompe a escuridão da noite".

Naquele momento, percebeu que não deveria ter paixões por nada em especial, mas viver intensamente todos os momentos de sua vida e fazer deles as suas paixões, em reverência à unicidade de cada um.

As dores pela defesa dos direitos humanos

Descobriu que, por ter praticado, durante sua caminhada, o perdão, a gratidão, o amor e a verdade, havia adquirido a consciência de que de seus atos surgiram os frutos que colhera ao longo da caminhada da vida. Pôde, então, compreender a importância do domínio das palavras e ações.

O Andarilho lembrou que, no decorrer de suas atividades profissionais, suas lutas custaram-lhe alguns processos, prisões, seqüestro e um enforcamento em praça pública, na presença de dezenas de pessoas, entre elas, seu filho, na época, com apenas seis anos de idade. Na ocasião, tentaram seqüestrá-lo para dar fim a sua vida, pois havia denunciado, dias antes, atos covardes de um político. Se não fosse sua coragem para gritar o nome do mandante de forma que todos ouvissem e também a sua lucidez em, ao sentir que ia morrer (pois já não tinha mais forças nem ar, visto que, a cada grito, os agressores contratados para matá-lo apertavam o torniquete preso à corda de nylon que rodeava seu pescoço), simular um desmaio para que os policias afrouxassem o laço preso ao seu pescoço, não conseguiria ter sobrevivido para narrar essa trajetória, consciente de que só os falsos, os hipócritas e os mentirosos escondem-se por trás do anonimato e são capazes de ameaçar a vida, a paz e a tranqüilidade alheia. Esses são os fracos!

"Ufa!", suspirou o Andarilho, aliviado por ter vencido aquela outra etapa. Foi como se lhe afrouxassem a corda que, naquela ocasião, apertara-lhe o pescoço.

No instante da dor do enforcamento, da angústia de ter ficado oito dias preso, vítima de um flagrante forjado, o Andarilho sentiu-se realmente preparado para chegar à Montanha Sagrada, pois, em momento algum, sentira raiva, ódio ou rancor de seus algozes. Muito pelo contrário, confinado no cárcere, em todas as suas preces, rogava à Grande Vida do Universo que não permitisse que aqueles que lhe provocaram tamanha dor viessem a sentir o mesmo. Da mesma forma, dava graças ao Criador por, durante a vida, ter sido preparado para enfrentar tal situação sem que seus efeitos provocassem danos irreversíveis ou dúvidas em sua convicção de caminhar em direção à luz do despertar e do desenvolvimento espiritual.

Não seria a privação da liberdade que o afastaria de seus ideais, e isso ficou registrado nas paredes da cadeia, onde escreveu com carvão: "Podem prender o meu corpo, mas minha mente continuará livre, a vagar pela imensidão do espaço, manifestando a plenitude de minha liberdade". Meses depois, o juiz de direito absolveu-o das acusações que lhe foram imputadas.

Apesar de ter vivido todas essas situações, o Andarilho jamais permitiu que lhe emudecessem a voz na luta pela liberdade, pela igualdade de direitos, pela preservação e garantia da vida humana e da natureza ou, muito menos, curvou-se diante do poder autoritário. Com sua coragem, no início da década de 80, ajudou a derrubar uma oligarquia existente há quarenta e cinco anos numa cidade do interior de Minas Gerais.

Sempre procurou servir, mesmo que isso lhe custasse esquecer de si mesmo. Durante a empreitada, entendeu que servir é uma grande dádiva e que, a cada vez que servia, aprendia um pouco mais, pois, ao desviar sua rota, adentrava em caminhos que não esperava percorrer e conhecia pessoas, coisas e fatos que passariam despercebidos se não fosse o seu desejo e vontade de servir.

Após o enforcamento em praça pública, tornou-se mais forte, pois soube reagir com sensatez e equilíbrio, traçando, desde então, um novo caminho de vida. Ali nasceu novamente, desprovido de ressentimentos mesquinhos, sem ódio, sem rancores, mas com um profundo expressar de gratidão pela nova vida que havia recebido.

A entrada no segundo Portal

O Guardião do primeiro Portal, que parecia acompanhá-lo durante todo o percurso, afirmou-lhe: "Quando compreendeu que não tinha o direito de julgar a ação daqueles que o feriram, quando lamentou pelo ato dos mesmos, por terem plantado as sementes do mal na terra da vida, você reconheceu que uma ação desta natureza não significava a essência daqueles que a produziram, mas um momento de fraqueza no qual o ódio e a vingança manifestaram-se nos mesmos. Naquele instante, você atestou estar preparado para a nova etapa da jornada, pois mostrou entender a responsabilidade de seus próprios atos e o quanto deve vigiar os pensamentos, palavras e ações, para que deles não se manifeste uma ação de conseqüências imprevisíveis, como aquela que sofrera. Os Portais não estão fora, mas dentro de você. São o resultado do amadurecimento, pois são as suas conclusões que mostrarão se você está preparado ou não para receber o poder que, conseqüentemente, encontram aqueles que buscam a Luz. Tal poder permite ao caminhante conviver conosco todos os instantes, neste e em outros estágios de vida ao longo dos caminhos. A mente é o canal de transmissão e recepção do estágio de evolução em que se encontra cada um dentro do Universo, portanto, só quando cessa o conflito interno, os Mestres da Luz manifestam-se para orientar o viajor. A água barrenta só se torna clara ao assentarem todas as suas impurezas. Da mesma forma, a mente só mostra a sua cristalinidade após assentar o barro das emoções, do medo, da vingança, do ódio, da vaidade, do egoísmo, da luxúria, da inveja, do ciúme e do rancor, frutos naturais da ignorância e do subdesenvolvimento mental".

Dito aquilo, o Guardião sumiu como das outras vezes, deixando o Andarilho a refletir sobre sua andança até aquele estágio, onde havia adentrado no segundo Portal.

Daquelas passagens, o Caminhante concluiu que o ódio é uma célula maligna que destrói as entranhas daquele que o possui e que o homem nasce formado de duas metades: uma irracional e outra Divina, sendo que o seu desenvolvimento depende da diretriz tomada por sua livre e espontânea vontade, visto ser ele o único responsável pela sua decisão. Se a escolha for a irracional, seu crescimento será restrito e ocasional, mas se, no entanto, optar pelo seu aperfeiçoamento, por certo, seu desenvolvimento transformá-lo-á numa pedra rara, cuja lapidação, forjada pelas passagens da vida, resultará no êxito de suas realizações, de seu aprimoramento pessoal e de sua elevação espiritual. Da mesma forma, compreendeu que o abatimento por uma batalha mal sucedida não representa a perda da guerra, que a persistência, a determinação, o trabalho e a responsabilidade são os elixires do êxito, da bem-aventurança e do desenvolvimento pessoal, que as ações correspondem aos frutos colhidos na seara da vida, que o perdão é o bálsamo da mente, do coração e da alma, que a gratidão é a semente que garante os frutos do amanhã e que só aquele que possui tal consciência é capaz de voar rumo à infinita Luz, fonte de toda sabedoria.

O tempo parecia não passar naquele lugar. Adoçou a boca com um pedaço de rapadura que trazia no embornal, cujo peso diminuía à medida que transpunha os Portais, como se uma pedra fosse deixada para trás a cada passo que dava. Observando uma trilha de formigas, ficou admirado com o quanto as mesmas eram unidas e percebeu que daquela união, daquele companheirismo, surgia uma força capaz de transpor grandes obstáculos.

Decidiu seguir pelas margens do riacho, pois ali as energias faziam-se mais fortes. Sentia-se observado. Era como se a mata tivesse olhos e os seus pensamentos estivessem expostos, não fossem secretos, parecia estar transparente ou completamente nu.

Vencendo o medo

Após algum tempo de caminhada às margens do riacho, o Andarilho decidiu descansar e constatou que, com a mesma suavidade com que o dia rompera a noite no início da caminhada, a noite cobria o dia. Percebeu que ambos se completavam com a mesma harmonia. Deitou-se sobre as folhagens, tendo como teto o céu e as estrelas que despontavam no firmamento. Dormiu o sono da vida, do rejuvenescimento e do fortalecimento dos princípios que a experiência havia-lhe ensinado.

Durante a noite, foi surpreendido por ruídos estranhos que tornavam a mata um tanto assombrosa, os quais pareciam testar o seu grau de aprendizado. Lembrou-se, então, do dia em que enfrentara o medo.

Em sua adolescência, vivia com seus pais e irmãos num lugar que servia de 'desova' de corpos para os grupos de extermínio, os chamados esquadrões da morte. Ele e sua família evitavam sair à noite para não se tornarem vítimas daqueles grupos, pois poderiam deparar-se com os mesmos durante as execuções.

Era obrigado a dormir na rua para não ter que andar os dois quilômetros de trilha dentro do mato, no escuro total, que separavam o ponto de ônibus de sua casa. A rua protegia-o do medo do percurso, mas o atirava no meio dos vampiros da noite: vagabundos, ladrões, viciados, prostitutas e bárbaros vestidos de policiais que abordavam qualquer um como se fosse bandido, empurrando e ameaçando de arma em punho crianças, velhos e trabalhadores, atitude praticada com todos que encontrassem àquelas horas nas ruas.

Certo dia, viu-se obrigado a enfrentar o medo. Tudo aconteceu quando ele e oito amigos foram para uma das muitas ilhas de um rio que desemboca em grandes comportas a uma altura de quase vinte metros. Havia apenas um barco que transportava, com segurança, somente quatro tripulantes e o remador, no caso, ele. A viagem era feita em quarenta minutos rio acima e mais uns vinte para voltar. Para não dar três viagens, resolveu retornar sozinho para buscar os outros quatro amigos. Sentou na canoa, acendeu um cigarro de palha e iniciou a descida.

Em poucos minutos, a luz das lamparinas da casa da ilha desapareceu. Dos lados, só havia água, gigoga e taboa. Começou, então, sua batalha contra o medo. Pássaros levantavam vôo de dentro do tabual, sapos pulavam na água, peixes saltavam, batiam e caiam na canoa e jacarés faziam um grande barulho ao sentir a proximidade do barco. E ele, ali, descendo sozinho, apavorando-se a cada barulho com as vidas que habitavam o lugar, as quais sua mente emoldurava como monstros.

Certo momento, quase entrou em pânico, tamanho era o medo que sentia. De repente, sentiu que estava sendo empurrado correnteza abaixo por uma grande quantidade de gigoga que se prendera ao barco, o que lhe causou um pavor ainda maior, pois sabia que, se não se livrasse delas, desceria pelas comportas e, fatalmente, morreria.

Naquela hora, disse a si mesmo: "Eu sou o timoneiro deste barco e somente eu posso conduzi-lo até o destino, ao porto seguro".

Concentrou-se, então, em sua tarefa, deixando a mente ocupada, livrando-se, desta forma, do medo que vinha sentindo, pois este não estava fora, mas dentro dele. Se assim não agisse, pagaria com a própria vida pela falta de coragem de enfrentar os obstáculos criados pela sua mente.

Enquanto retirava as gigogas, um forte barulho estremeceu a canoa. Era um tronco de árvore que, descendo o rio, nela batera. Felizmente, não danificou sua estrutura. Refeito do susto, o Andarilho, com o remo, empurrou a gigoga e o tronco para longe do barco. Assim que retirou aqueles entraves agarrados na embarcação, avistou o porto onde deveria pegar seus amigos. Naquela hora, constatou o quão importante foi ter reagido a tempo: enfrentou e venceu o medo na hora certa. Mais alguns minutos de indecisão e teria morrido no meio daquela imensidão de água.

Observou também que os minutos em que estivera com medo pareceram horas, mas que aqueles em que havia tomado consciência da importância de agir com a razão foram reais e rápidos, como rapidamente têm que ser tomadas as decisões em certas horas da vida.

Desde aquele dia, não teve mais medo de nada, ou melhor, aprendeu a enfrentar o medo. Nas vezes em que foi surpreendido por algum contratempo, sempre buscou a razão, deixando de lado o temor. Foi assim que se salvou de morrer enforcado.

Sentou-se e passou a observar a ação da noite, com sua beleza oculta aos olhos do medo e do temor. Viu, então, que o brilho dos vaga-lumes refletia-se nas cores da mata, nas flores adormecidas e no riacho, que o murmúrio das águas entoava lindas melodias e que a noite era o adormecer da terra, a qual, no silêncio, falava a linguagem da paz para aqueles que têm a consciência tranqüila e reconhecem, no momento exato, toda aquela harmonia proporcionada pela imensidão da noite.

Pegou sua calimba, feita de um pedaço de ipê roxo, madeira de grande sonoridade, e dedilhou algumas notas que, pela beleza do som, não feriam o clima de profunda paz e reflexão daquele lugar.

O Poema do Caminhante

Embalado pelo som da calimba e da natureza, meditava sobre sua missão. Recebeu dos céus o traçado da vida em forma de um poema, no qual reconheceu os passos até ali percorridos, podendo perceber a importância de cada passo e de cada instante na construção da existência.

Diz o poema:

"Caminho
na mansidão da noite
em busca da imensidão do dia.
Na noite, o silêncio, onde fala a voz da consciência,
no dia, a voz do acaso.
À noite, caminho,
no dia, eu ando,
em ambos, busco
o calor do corpo,
o frescor da alma,
que juntos completam a fonte da vida.
Nela bebo,
sacio a sede de ser,
de saber,
de ter,
de viver.
E vivo!
No canto da sala,
no campo das flores,
no rodamoinho das ondas,
mas flutuo no ar,
como se asas tivesse
e pudesse voar.
E vôo!
Um vôo sereno
que os tufões não abalam,
calam,
emudecem,

*mas persisto, e me deixo levar,
e, no caminho, aprendo,
sorvo o momento,
na certeza de que não é o primeiro
nem o último, mas o único.
Como único, reverencio-o.
Observo o seu passar,
com ele vivo.
Muitas vezes sobrevivo!
Mas vivo.
Deixando no ar o perfume da vida,
no rastro do tempo, na chuva ou no sol.
Caminho com o tempo
e o tempo se vai ou fica.
Não sei se ando ou vôo,
mas sei que persisto na busca de ser
um ser.
Se sou, não sei.
Só sei que guardo a lembrança da vida e vivo.
Que amo com a plenitude da alma e aí me completo.
Divido e sou dividido.
Busco e me acho,
no canto ou no centro,
no espaço e no tempo.
Nos trilhos e atalhos, conheço o caminho,
e nele observo a vida passar.
E com ela caminho,
sem medo de errar,
pois, na surpresa do ato,
está o crescer.
E crescendo estou
na busca de ser um ser.*

Se sou, eu não sei.
Só sei que caminho por terras distantes,
às vezes eu ando,
em outras, vôo.
De uma coisa estou certo:
Eu sempre existi.
Se existo, estou vivo!
Mesmo que o corpo descanse,
na terra fria ou quente,
persisto na caminhada, na luz que irradio,
ela me guia
na rota da vida
que está além de ser um ser.
Quem sou?
Não sei!
Mas sei que busco a forma de ser
a integração com o Universo, e nele me diluo.
Quem sabe um dia eu me encontre na verdade comigo,
e daí me descubra.
Talvez."

Ficou perplexo diante do que havia recebido naquele instante de magia. Agradecido, falou às águas que desciam suavemente do céu, molhando a terra: "Que vocês derramem o amor do Criador sobre todas as criaturas, para que cada uma veja em seu semelhante a presença do Supremo Senhor do Universo e, desta forma, todos cantem e vibrem em uníssono, manifestando a plenitude da vida e do amor".

Ditas aquelas palavras de reconhecimento e rogativa, o Andarilho buscou abrigo embaixo de uma fenda na pedra, acendeu uma fogueira que aqueceu o local e seu corpo e, deitando-se, finalmente, dormiu.

Vida e saúde

Quando acordou, o Andarilho sentiu-se rejuvenescido. Como faz todas as manhãs, tomou uma colher de mel e mentalizou estar absorvendo toda a energia contida naquela simbiose de amor indescritível, constituída do prazer da abelha com a satisfação das flores. Visualizou seu corpo totalmente saudável e agradeceu pela dádiva de sua perfeição, pois a saúde é o bem maior que o homem possui para desempenhar plenamente suas funções. Refletiu que a doença é uma forma de purificar o homem através da dor, quando este se desarmoniza com o ritmo do Universo.

Lembrando-se de que, certa vez, por se encontrar em desarmonia conjugal, sua fragilidade deixou-o exposto a uma bactéria que contraiu através de um alimento, a qual o levou a ter febre de quarenta graus por três dias, compreendeu que, sem harmonia e equilíbrio, o corpo fica exposto e padece frente às intempéries, sendo que, ao contrário, um ser equilibrado mental e emocionalmente é saudável e vigoroso, por isso, a doença não o atinge com a mesma intensidade como faz aos que vivem em desequilíbrio. Naquele instante, recebeu outro poema, falando dos minúsculos seres que invadem o corpo humano.

*"Vindos de fora.
Infiltrados por dentro.
Minam as vidas
de forma invisível.
Purificam o planeta?
Ou eliminam a vida?
Que querem?
De onde vêm?
Por que com os homens?
Vêm do espaço,
como o vento que sopra.
Dissipam as vidas,
no prazer dos prazeres.
Sem bater, eles entram
e não perguntam se podem.
Sem pedir, se alojam
na cratera da vida,
a ceifar a essência,
a secar-lhe as raízes.
Como tufão levam tudo!
E como a brisa murmuram
nos ouvidos da alma
sua fúria contida.
A armadilha da vida."*

Aquele seu estado febril mostrou-lhe que, quanto mais próximo o homem chega do ponto de convergência entre o bem e o mal, o positivo e o negativo, a vida e a morte, melhor distingue um do outro. Não é preciso que ninguém chegue aos extremos para sentir o sabor do limite, visto que, quando as ações são determinadas de acordo com a plenitude da consciência e quando o pensamento e a avaliação são bem direcionados, esse encontro tende para o lado do equilíbrio, da razão e da evolução, tornando o êxito e o sucesso uma realidade.

A razão é a manifestação da essência

O Caminhante do Universo, antes mesmo de raiar o novo dia, ouviu o Guardião dizendo: "Até aqui você caminhou com segurança e convicção. Espero que seus pensamentos reflitam-se sempre em suas ações, pois as ações, por si só, mostram o que e quem você é. Com firmeza e sabedoria, saiba caminhar entre a diferença dos opostos. Não se esqueça, porém, de que qualquer posição deve ser pautada pelo equilíbrio, pois a emoção impede que o todo seja observado e que o racional aja com a plenitude de seu potencial. Guie-se pelo que acredita e pelo que você é. Saiba compreender os ignorantes, os falsos e os hipócritas, pois eles, não tendo como exaltar seus próprios valores, sempre acabam por duvidar e questionar aqueles que não comungam com sua índole e que são, por si só, exemplo de luz, sabedoria e equilíbrio. Vigie seus atos, palavras e ações, pois assim estará fazendo de seu corpo o templo sagrado da oração".

Voltando do encantamento, o Andarilho fez sua refeição matinal com algumas frutas e uns pedaços daquela deliciosa broa de milho e pôs-se a caminhar. Sentia-se mais forte após aquele encontro no despertar do dia. Agora, totalmente desprovido de qualquer ressentimento, tinha certeza de que, se alguém realmente sofreu, foram aqueles que serviram de instrumento para o seu aprimoramento e crescimento, pois as dívidas dos mesmos um dia terão que ser ressarcidas, assim como ele ressarcira as suas até aquele instante da viagem.

Suas conclusões deram-lhe a clareza de que o fruto que hoje é rejeitado é o mesmo que amanhã pode matar a nossa fome. Ouvira, certa vez, de um velho homem que a carne que o mesmo sangrou foi aquela que, nos dias avançados de sua idade, cobriu seus momentos com amor e ternura, apagando a dor que existia.

Depois do que vivera e ouvira naquela manhã, o Andarilho percebeu que havia encontrado o Portal anunciado no anoitecer do dia anterior.

O avançar da caminhada, depois do segundo Portal, tornava a terra mais fria e fazia exalar com mais intensidade o perfume que dela se desprendia devido à chuva da noite anterior. Sentiu que, pelos seus pés, toda a energia daquele lugar penetrava em seu corpo, energizando-lhe a essência.

Passou por um trecho em que grande quantidade de folhas acumulava-se pelo chão. Ao pisá-las, seus passos não produziam barulho, afundavam. Agachando-se, estendeu as mãos ao chão para penetrar seus dedos sob a folhagem e percebeu que as folhas diluíam-se com o passar do tempo e que tal ação natural devolvia à terra tudo que dela retirava. Concluiu, então, que a mesma terra que produz é aquela que consome, pois, ao dar vida à planta, a terra, na realidade, planta o seu próprio sustento, fazendo o ciclo da vida.

    Recordou que a mão que nele batera era a mesma que o alimentara, cobrira sua pele em dias de frio, acalentara seus sonhos, socorrera-o nas horas difíceis e cuidara de suas feridas, e mergulhou em suas lembranças: "Por tudo isso, agradeço a meu pai o que fez por mim, pois reconheço o valor de seus ensinamentos. O castigo imposto por ele poderia ter-me transformado num revoltado, e isso incorreria em ações imprevisíveis e danosas a ambas as partes, daí a importância de se pensar antes de agir, para que a ação seja baseada na razão e suas conseqüências sejam sempre previsíveis e estáveis. Somente após conseguir enfrentar aquelas passagens sem mágoas é que pude reconhecer que, enquanto não aliviei o coração e a mente daquelas dores, não consegui realmente crescer e prosperar física, mental, material e espiritualmente. Aquelas lembranças foram um renascer sem ódio, sem rancor e sem mágoas, totalmente envolto pela luz da razão e da consciência, caminho do amor verdadeiro e da evolução humana, pois só um coração sem ressentimentos é capaz de absorver o néctar do Universo para o suprimento de suas necessidades. Não possuímos duas, mas uma mente, e se esta estiver em conflito, por certo, não se encontrará preparada para receber uma solução satisfatória e equilibrada para as situações que a vida impõe a cada instante de nossa existência. Perdoar é uma grande dádiva, porém a dádiva maior é não odiar, por maior que seja o dano sofrido, e este é um grande ensinamento subtraído desta caminhada. Entendi que fugir só adia os problemas. A única solução é enfrentá-los à medida em que se apresentam, não importando o seu tamanho, pois, só assim, será possível romper as barreiras e avançar rumo ao topo da Montanha Sagrada".

O melodioso canto de um pássaro de plumagem castanha despertou-o daquelas contemplações. No alto de uma frondosa árvore, o pássaro do belo canto construía o ninho de sua amada. A cada palha colocada na construção do ninho, o ato era comemorado com um canto de satisfação e alegria que se desprendia daquele longo bico acinzentado.

Ao som daquela melodia, o Andarilho entendeu ser a paciência a doce flauta da vida, por onde emana o canto da harmonia, da sabedoria e da realização. Diante de tal descoberta, tratou de eliminar qualquer resquício de ansiedade provocada pelo desejo de descobrir qual seria o próximo passo, a próxima descoberta e o que encontraria ao final da jornada, reverenciando a paciência, pois é ela a base da prudência, da justiça, do amor, da infinita sabedoria e da harmonia. A partir daquele momento, relaxou ainda mais, para que não houvesse nenhum planejamento no decorrer do caminho, mas a ação natural, que é fruto da realização e do encontro com a verdadeira Luz.

Aprendera que não poderia viver livre e em paz, enquanto guardasse culpa ou culpasse alguém por qualquer situação, por maior ou menor dano que ela tivesse provocado. Por esta razão, aqueles enfrentamentos eram necessários para que ele sentisse realmente o sabor da liberdade. Liberdade de estar em harmonia com o todo e com tudo, de viver sem medo, sem ressentimentos, mágoas e rancores, envolvido pela luz da compreensão e do amor.

Levantou-se e retornou à caminhada, ainda pelas margens do riacho. Em alguns trechos, andava dentro d'água. A mata estava mais rala. A envolvente atmosfera da floresta fechada começava a ficar para trás com suas belezas e seu perfume, mas a vegetação mais baixa apresentava uma beleza singular, exibindo inúmeras espécies vegetais, como uma orquídea cuja flor é menor que um grão de feijão. Aprendera a observar tal detalhe com Leoni, um amigo pesquisador que tem seu nome inserido na história da ciência mundial pela descoberta de várias espécies novas de vegetais, algumas das quais levam o seu nome.

Quanto mais subia, mais ampla tornava-se sua visão. Deparou-se com uma grande parede de pedra, onde uma lâmina de água descia a cobrir-lhe a nudez, desaguando num cristalino lago com cerca de trinta metros de circunferência e uns quatro metros de profundidade. Novamente, a mata parecia observá-lo. Mesmo assim, despiu-se, não resistindo à vontade de banhar-se naquele recanto de belezas indescritíveis.

Mergulhou na água fria, que fez com que saísse rapidamente do lago, trocando de cor como um camaleão. Sentou-se, juntou as mãos e relaxou, conseguindo, com suas vibrações, provocar o calor necessário para refazer-se do frio.

Passou, então, a estudar aquele enorme paredão, buscando um lugar para subir, tendo em vista possuir um curso de princípios básicos de deslocamento em terrenos de difícil acesso, dado pelo amigo Átila, que ministra cursos de resgate nos cânions gaúchos e no Parque Nacional dos Aparados da Serra.

Enquanto pensava em vencer, de qualquer forma, a parede, não conseguia achar saída.

Ao ver-se naquele estado de ansiedade, refletiu sobre sua atitude e o porquê de estar preocupado se ia ter que voltar ou não. Tanto o caminho de volta como o que estava a sua frente eram novos, e, por serem novos, por certo, teriam algo de diferente a ensinar.

Bastou situar-se perante a realidade, observando o paredão sem a preocupação de ter que o escalar, mas com os olhos de admiração, reverência e respeito, para que encontrasse, em um de seus cantos, coberta por uma rasteira vegetação, uma estreita trilha adornada de bromeliáceas avermelhadas, próprias daquele lugar e daquela altitude.

Lavou o rosto, tomou um pouco daquela água cristalina e iniciou a escalada.

Feliz por encontrar a trilha que parecia levar ao alto, percebeu que, quando agimos com amor e não esperamos nada em recompensa, a vida oferece-nos muito mais do que imaginamos, pois o Senhor do Universo sempre supre as nossas necessidades, bastando, para isso, que tenhamos consciência do que somos, do que representamos e da semente que plantamos e que não nos falte a certeza de que Ele existe e de que tudo podemos quando estamos envoltos por Sua esplêndida Luz.

Caminhando pela trilha na encosta do paredão, dava graças por tudo que vinha recebendo. Agradecia ao Criador por permitir que enxergasse em cada semelhante o seu filho, o seu irmão, o seu pai, bem como por reconhecer que no caminho foram colhidos e expostos fragmentos que obstruíam a amplitude da sua visão, deturpando a luz da razão e atuando como nebulosas em sua mente.

"Por minhas convicções, curvo-me, hoje, às mudanças que a vida trouxe. Tudo isso faço na certeza de que o Criador tem um caminho para cada ser, sendo que o meu é o que entreguei em Suas mãos e pelo qual Ele me guia", pensou o Andarilho.

Sentiu, então, que não poderia dar o próximo passo sem resolver as questões pendentes do passo anterior, pois, caso contrário, as mesmas o acompanhariam e ele não vivenciaria, na plenitude, o passo seguinte.

À medida em que se aproximava do alto do paredão, o trilho estreitava-se, porém, mesmo que quisesse voltar, seria difícil, pois não via onde deveria pisar, além do mais, quando não se tem um equipamento de segurança, retroceder pode ser muito mais complexo do que progredir.

Agarrou-se a uma raiz, e a mesma arrebentou quando ele tentou nela se firmar, o que fez acelerar seu batimento cardíaco por alguns instantes, lembrando-lhe que na vida tudo é passageiro, por isso, cada passo deve ser observado com o máximo de atenção, pois nós é que determinamos o tempo das nossas andanças de acordo com a decisão de prosseguir ou não o caminho objetivado.

Sua alternativa era subir ou subir. Desta forma, refazendo-se rapidamente do susto, agarrou-se às fendas e utilizou as técnicas aprendidas com seu amigo gaúcho. Apesar de árdua e perigosa, a subida tornar-se-ia, como a caminhada até aquele paredão, uma tarefa gratificante, uma vitória a mais nos campos da existência.

Lições da vida amorosa

No último lance da escalada, olhou para baixo e viu que, de cima, o paredão parecia ser bem maior do que visto de baixo. Uma ilusão de ótica, assim como acontece na vida quando enxergamos as coisas de um único ângulo. Ao continuar, deparou-se com um vale de beleza indescritível, um vale encantado, que o deixou verdadeiramente enfeitiçado, tamanha era a sua beleza.

Terminada a subida, sentou-se à beira do rochedo, tendo, de um lado, o perigo da altura e, do outro, a beleza daquele vale. Ali, reviu passagens de sua vida amorosa, observando que seus casamentos e uniões foram, de certa forma, uma espécie de fuga, medo de ficar sozinho, vontade de encontrar a felicidade que ali achava existir.

Lembrou-se do primeiro casamento. O amor e a paixão do encontro não eram justificativas para a sua realização num espaço de tempo tão curto.

No meio daquela aventura, nasceu sua primeira filha. Sem ter como sustentar a família, deixou que fossem morar com sua sogra, que se apegou à criança de tal forma que se tornou cada vez mais difícil voltar a viver com sua família, não podendo, assim, assistir ao crescimento de sua primogênita.

Pouco tempo depois, o sonho do casamento feliz desfez-se. O Caminhante do Universo prosseguiu seu caminho, na busca do pedaço que acreditava existir e ser sua outra metade.

Diante das lembranças de suas buscas, recordou que as dores sofridas na casa de seus pais foram menores que a alegria de tomar banho de rio, pescar em busca do alimento para a família, roubar frutas no quintal dos vizinhos e observar as luzes do céu que ele acreditava serem discos voadores, o que fez com que percebesse que a felicidade é constituída de fragmentos que delineiam o perfil do mosaico da vida, pois, na construção do caminho, existem as dissonâncias, as quais, naquela hora, tornavam-se evidentes na reflexão da vida conjugal.

O Andarilho empreenderia, a partir da conquista do paredão, uma outra etapa de sua caminhada, onde desvendaria os mistérios de seus relacionamentos conjugais.

Passado algum tempo depois da separação, após mais alguns casos de amor, conheceu sua segunda mulher num festival de música popular brasileira realizado numa cidade fronteiriça do Rio de Janeiro com Minas Gerais. Um mês depois, encontrou-a novamente e resolveram fazer uma caminhada até o Pico da Bandeira, saindo a pé da cidade de Alto Caparaó até o cume de 2.890 metros de altitude. Por mais de uma semana, ficaram acampados numa casa de pedra construída a três horas de distância do pico, conversando sobre seus objetivos de vida, suas virtudes e defeitos. Na descida, o Caminhante convidou-a para morar com ele, e assim foi feito.

Após alguns meses morando em seu apartamento no Estado do Rio, resolveram mudar-se para o interior de Minas Gerais, onde montaram um jornal e viveram juntos por dezesseis anos, resultando, deste casamento, o nascimento de dois filhos e uma filha.

Além da mulher e dos filhos, ele ganhou mais um pai e uma mãe, pois seus sogros sempre foram seus amigos, sempre o ajudaram. Fizeram e continuam fazendo parte de sua vida, existindo, entre eles, um amor mútuo que o tempo não conseguiu apagar. Muito pelo contrário, amadureceu a cada novo dia, fazendo com que os três se tornassem irmãos, frutos de uma mesma árvore. E não poderia ser de outra maneira, pois tanto o pai como a mãe daquela esposa são como diamantes do mais elevado quilate, valiosos em princípios, amor e ações.

Amante possessivo, entregava-se ao amor e ao sexo com todo ardor, pois conhecera alguns segredos do Kama Sutra e tratava o amor como uma arte, uma paisagem que se mostrava diferente a cada dia. No entanto, seu ciúme era doentio, como doentio era o amor que sentia. Era mais um sentimento de posse do que amor verdadeiro, aquele que tanto buscava, mas que, até então, não havia encontrado.

Ao deparar-se com essas passagens, o Andarilho derramou lágrimas, percebendo o quão tolo e injusto havia sido com pessoas que lhe queriam tanto bem. Suspirou, tomou um gole de água e resolveu caminhar um pouco naquele vale.

Andou durante algum tempo, sentindo-se vazio. Não pelo fato de estar ali sozinho, mas pelo remorso que havia sentido ao recordar as aventuras extraconjugais e as loucuras que cometera em nome do amor por não entender coisas simples como o fato de que muitas mulheres que tomam pílulas anticoncepcionais perdem o apetite sexual ou que outras, em seu período menstrual, ficam nervosas e até agressivas devido às alterações hormonais, sendo que, muitas vezes, quando se via diante de um quadro daquela natureza, ele ficava confuso, criava amantes para a esposa, sentia-se desprezado, inseguro. Era um tolo!

Depois de algum tempo percorrendo vale adentro, envolto por aqueles pensamentos e recordações, o Andarilho despiu-se, entrou num poço e sentou-se embaixo de uma ducha que caía entre as pedras, como se quisesse lavar de sua mente as loucuras vividas em suas passagens amorosas.

Enquanto se banhava, constatou que, em toda oportunidade que tinha, traía suas esposas e namoradas, até que, certo dia, sentiu a dor que é ter ferida a honra. Como um 'machão', virou um bicho. Queria porque queria vingar-se. Durante meses, remoeu a sensação de ter sido traído, até o dia em que, pondo-se diante do espelho, conversou consigo mesmo a respeito do ocorrido.

A conversa foi difícil, pois, se existia um culpado por tudo que acontecera, esse culpado era ele. Se quisesse ter o mínimo de dignidade, deveria pedir desculpas àquela mulher por tê-la levado ao extremo, devido às humilhações que a fizera passar.

Verificou, então, o quão difícil era assumir os erros, mas se sentiu feliz ao constatar que seu instinto de justiça, de hombridade e dignidade havia falado mais alto. Naquele instante, notou que seu coração ficou mais aliviado.

Com aquela análise justa e imparcial, viu que só o perdão e a compreensão verdadeiros são capazes de apagar a dor, pois o 'perdão' sem a compreensão, praticado apenas da boca para fora, não culmina com a extinção da dor, muito pelo contrário, martiriza, provoca a manutenção de uma vida de dúvidas e sofrimentos.

Tudo na vida só é realmente bom, se for adquirido dentro do Universo do Direito Divino. A partir do momento em que se formou tal consciência, deixou de procurar desesperadamente o seu amor. Desde então, não lhe faltavam pretendentes, porém, apesar das pessoas maravilhosas que conhecia, não quis compromisso com ninguém, pois estabilizara sua cabeça e sua vida.

Tivera muitos casos de amor e pôde observar, ao recordar-se deles, que se trocavam os nomes, mas os desacordos persistiam. De maneiras e formas diferentes, mas persistiam! Entendeu, então, que não eram as mulheres as responsáveis pelos problemas conjugais, mas ambos. Além do mais, pressentia que ainda não havia encontrado aquele que ele classificaria como o seu verdadeiro amor, aquela pessoa que transcenderia o prazer, representando a plenitude dele, e suplantaria a beleza física com a singeleza do carinho, da compreensão e da cumplicidade.

Havia aprendido a tratar as pessoas de forma limpa, sem subterfúgios, armações, mentiras ou promessas, e passou a fazer o mesmo em seus relacionamentos conjugais, que, então, tornaram-se mais tranqüilos, sinceros e harmônicos.

Certo dia, após cessarem suas buscas, recebeu um telefonema, na redação de seu jornal, de uma jovem jornalista de vinte e nove anos de idade, residente numa cidade do interior de São Paulo, a qual, querendo montar um jornal em sua terra natal, buscava saber como proceder. Tal jovem descobrira seu telefone num jornal que ele editou por dois anos em Visconde de Mauá, a título de doar algo para aquele lugar de feitiços e encantos.

Como sempre fazia com todos que lhe pediam auxílio ou orientação, o Andarilho deu-lhe toda a atenção, falando sobre a diferença entre ser jornalista e proprietário de jornal, e convidou-a para visitar a redação de seu jornal, onde lhe daria as explicações necessárias. Ao que a moça respondeu: "São mais de quinhentos quilômetros de distância, fica difícil para eu me deslocar até aí". No entanto, dias depois a mesma estava lá.

Diante de tal realidade, pôde perceber que é assim que age o Universo: oferecendo a cada segundo, a cada minuto, a cada hora, a cada dia uma nova história, uma nova vida.

Ao encontrar aquele novo amor, o Caminhante deixou de ter ciúmes, procurou ser mais amigo, companheiro e cúmplice, acalmando, desta forma, sua busca, pois percebia que o amor verdadeiro é sem apegos, sem posse, sem egoísmo, é um encontro de almas!

Após tais reflexões, o Andarilho resolveu continuar sua caminhada, pois o vento frio que corria por dentro do vale estava congelando-o.

A viagem pelo vale não demoraria muito a chegar ao fim. Porém, antes de deixar aquele lugar, teria de analisar alguns incidentes amorosos, cujas conclusões seriam o passaporte para o Portal seguinte.

Naquela altura da caminhada, compreendeu o quanto fora infantil, inconseqüente e injusto. Não por ter uma índole ruim e premeditada, imbuída do propósito de causar danos, mas por não ter, na época, sensibilidade para lidar com sua companheira de forma adequada e justa, nem coragem de expor-se e dividir, pois, numa união, quando se divide, na realidade, soma-se, trabalhando para a consolidação, para o progresso e para a harmonia dos cônjuges. Entendeu que sofrera e fizera outros sofrerem porque procurava, na verdade, não o amor, mas alguém que pudesse atender às suas necessidades.

O Andarilho, adquirindo a consciência de que só ele é capaz de fazer-se feliz e de que é impossível ser feliz através do outro, reconheceu que, para ser feliz ao lado de alguém, é preciso que haja respeito à individualidade do outro, agindo com sinceridade, lealdade e dignidade, sendo que a transgressão destas normas desestabiliza qualquer união.

Observou que as dores de seu passado interferiram na sua vida, pois cada uma daquelas pessoas com quem convivera ficaram atadas a ele durante certo tempo, libertando-o somente quando conseguiram acalmar a dor e os danos da separação. Apesar de tudo, preservava uma amizade profunda com as mulheres com as quais vivera, nutrindo por elas um grande respeito, admiração e consideração, pois juntos caminharam um trecho da estrada existencial.

As ex-mulheres, por sua vez, sempre encontram nele um amigo, um conselheiro sincero, justo e imparcial, visto que a divergência existente entre ele e as mesmas estava fundada no relacionamento homem-mulher e não no humano. Sempre procurou ajudá-las e orientá-las da melhor forma possível, como faz com todos, ensinamento que recebeu daquela que o gerou em seu ventre e que foi amadurecido com o tempo.

O Caminhante compreendeu que o conflito familiar produzira, durante longo tempo, um atraso para sua evolução material e espiritual. Da mesma forma, durante as brigas e discórdias, seus filhos sofriam com o conflito e, geralmente, eram afetados em sua saúde. Constatou, então, que, quando duas pessoas unem-se afetivamente, passam a tornar-se um único corpo, dividido em duas metades, como se fossem as duas mãos de uma mesma pessoa. Assim, quando uma dessas mãos está ferida, quebrada ou com dor, torna as tarefas mais difíceis e menos produtivas para a outra.

Assustou-se ao rever cenas nas quais discutia com suas companheiras, muitas vezes, pondo a vida de ambos em risco ao acelerar o carro desesperadamente, como se quisesse fugir daquele momento de desarranjo emocional. Refletindo sobre tais ações desequilibradas, concluiu que, por maior que seja a discórdia, é necessário que haja prudência. Conforme o velho ditado, 'quando um não quer, dois não brigam', desta forma, é necessário que alguém ceda nas horas de conflito e que ambos saibam aproveitar o momento de estabilidade para colocar as situações à luz da razão, procurando a forma de melhor entender e ser entendido, para que não tenham que enfrentar novamente o mesmo conflito, até chegarem à conclusão de que o único caminho para a estabilidade é arrancar gradativamente as ervas daninhas do meio do jardim da vida, para que se fortaleçam o amor e a realização pessoal, como bênção do diálogo e da complementação mútua, pois a união não pode ser confundida com disputa, quem venceu quem, mas a descoberta do melhor caminho para atingir a estabilidade e o êxito conjugal, material e espiritual.

Aproxima-se uma nova etapa

Aquele remorso, a compreensão de seus erros e o entendimento de que não se molda uma pessoa possibilitaram-lhe dar mais um importante passo na senda que resolvera trilhar, pois o julgamento sincero de sua vida amorosa, sintetizada nesse trecho da jornada, fez com que concluísse que sua vida havia sido interessante e feliz, dando-lhe filhos adoráveis, sadios e inteligentes, mas lamentou pelas vezes em que ofuscara a felicidade com o manto da ignorância, da insegurança, do ciúme, do sentimento de posse, da traição e da covardia.

Para entrar no estágio seguinte da jornada, teria que deixar o vale encantado. Tomando uma estreita trilha que seguia para o alto da Montanha Sagrada, refletiu que, ao educar seus filhos, sempre procurou dar-lhes subsídios para enfrentarem a vida de forma menos penosa e mais realizadora do que a sua, ensinando aos mesmos que a maior herança que poderia deixar-lhes não eram os bens materiais que construíra e conquistara ao longo da vida, mas o que aprendera, sempre lembrando que cabe a eles, diante das situações, o direito de decidir que direção tomar, e que suas decisões devem ser pautadas no equilíbrio e na sensatez, pois todo direito vem acompanhado de um dever e a liberdade caminha ao lado da responsabilidade. Procurava deixar claro que um pai pode sofrer por um erro do filho, mas quem sente maior dor é aquele que comete o erro, pois este é o responsável pelos seus atos e, como tal, deve arcar com as conseqüências dos mesmos diante da lei dos homens e da Justiça Divina.

A vida ensinou-lhe que é preciso saber dizer sim e não para um filho, pois, se os pais agirem apenas com o intuito de agradá-lo, não estarão sendo honestos e justos com o mesmo. É necessário, portanto, que tenham bom senso ao educar, compreendendo que um filho não nasce sabendo as regras do viver e que é melhor que os filhos aprendam com eles do que com a vida, pois o desaviso sobre os perigos nela existentes pode levar a vida de um filho, sem que o mesmo sequer saiba o porquê.

"Sei que não temos o direito de impor aos nossos filhos nossas vontades, mas adquiri a consciência de que devemos repassar aos mesmos nossos conhecimentos e informações, a fim de prepará-los para a vida. Assim, na hora de decidirem sobre o seu destino, melhor distinguirão que direção tomar. Agindo desta forma, respeitamos o seu direito à individualidade, ao mesmo tempo em que nos resguardamos, para que, no futuro, não se sintam no direito de culpar-nos de não lhes termos repassado nossas experiências e conclusões das andanças e vivências, de termos sido omissos", refletiu o Andarilho.

A gratidão, o perdão e o amor não têm valor ou grande significado apenas como palavras. Como tudo na vida, só expressam seus reais valores e significados, quando são praticados como reconhecimento, como um ato de louvor pelas graças que recebemos desde o instante em que nos tornamos vida.

CAPÍTULO III

Inicia-se o caminho do novo Portal

O Andarilho mostrava-se pronto para tomar um novo rumo, deixando o vale para trás.

A neblina já começava a embaçar a visão do todo. Resolveu, então, descansar um pouco, enquanto aguardava o nevoeiro dissipar-se. Sentou-se num tronco caído às margens do caminho e comeu algumas frutas e um pedaço de pão, apesar da pouca vontade de comer, tamanha era a satisfação que sentia.

Naquela hora, ouviu a voz do Guardião por entre as pedras: "Você conseguiu entrar em mais um Portal".

A voz do Guardião era como oxigênio para sua caminhada. Com aquelas palavras ecoando em seus ouvidos, o Andarilho pôs-se de pé e, depois de percorrer pouco mais de uma centena de metros daquele trilho estreito e sinuoso, chegou a uma encruzilhada. As trilhas, vindas de várias direções, relembravam-lhe que os caminhos são vários, e que quem decide qual deve ser seguido e qual ritmo empreender é o próprio caminhante. Ali parou para decidir sobre sua rota.

Quando se dissipou o nevoeiro, percebeu que estava à beira de um abismo e escutou a voz do Guardião: "Você tem que caminhar de acordo com sua intuição e não de acordo com sua dedução, caso contrário, poderá atirar-se no precipício, e talvez não tenha novamente a mesma oportunidade que recebeu na queda na cachoeira de Coroa Grande. Portanto, tenha cuidado! Veja onde pisa e não se esqueça de que, apesar da rosa inebriar com seu perfume e sua beleza, a roseira onde a mesma nasce é carregada de espinhos que ferem a carne".

Ouvindo aquelas palavras com os ouvidos da alma, o Andarilho relaxou do susto e, entregando-se de forma ímpar e plena ao lugar e às veredas da intuição, pôde enxergar à distância, pois abrira os olhos da mente. Com eles, prosseguiria a viagem com segurança e determinação.

Iniciou, então, a nova etapa, constituída de pedras irregulares e pontiagudas que lhe castigavam os pés, enquanto o vento cortava-lhe a pele.

Na caminhada, observou que o que parecia ser um caminho tortuoso, na verdade, ampliava o horizonte de sua busca, de forma que, a cada momento, sentia-se mais impulsionado a avançar, pois sua visão tornava-se ilimitada, como ilimitados são os caminhos que conduzem ao topo da Montanha Sagrada.

O enviado da Luz

No trilho, envolto em seus pensamentos, ainda não havia percebido que, logo à sua frente, sentado no alto de uma pedra, um homem de idade avançada, cujos cabelos e barba eram longos e brancos, aguardava-o.

O Andarilho foi surpreendido pelo Senhor do Caminho que lhe disse: "Com essa pressa, meu filho, não vai chegar a lugar nenhum, pois, daqui a pouco, virá um nevoeiro que cobrirá tudo por aqui. Sugiro que busque um abrigo, enquanto é tempo".

O Caminhante do Universo sentiu que aquele homem sabia o que estava dizendo, que suas palavras deveriam ser levadas a sério, e resolveu subir até o alto da pedra, a fim de ouvir o que ele tinha a dizer. Chegando lá, o tal senhor continuou: "Pensava que o veria daqui a uns dois dias, mas parece que você andou mais rápido do que o previsto. Espero que tenha aprendido o suficiente para enfrentar a escalada até o ponto alto da Montanha, pois será necessário exercitar o aprendizado colhido ao longo de todo o caminho".

Quando pensou em perguntar-lhe o nome, aquele homem, com uma voz firme e suave e um olhar doce e penetrante, como se lesse seu pensamento, falou: "Fui batizado pelos que por aqui passaram ao longo dos anos com o nome de Senhor do Caminho. Tenho a missão de conduzir todo aquele que pretende chegar ao cume. Como todos os caminhos encontram-se, todos os caminhantes têm que passar por este lugar e, quando o fazem, por certo, encontram-me, pois eu sempre estive e sempre estarei aqui para guiá-los até o próximo Portal. Aqui é o eixo da passagem, um paraíso onde o vento embala a montanha, fazendo pulsar a vida da terra. Temos que nos apressar para encontrar um abrigo seguro, onde aguardaremos abrirem-se as passagens para o pé do Monte Sagrado". Depois dessas palavras, seu companheiro de viagem permaneceu calado enquanto caminhavam. De vez em quando, esboçava um sorriso, parecendo ler seus pensamentos envoltos pelo mistério do inimaginável.

Após andarem um longo tempo, até o aproximar do romper da noite, o Andarilho ficou a imaginar onde encontrariam um abrigo naqueles campos de altitude. Num determinado momento, chegou a perguntar-se se não estavam caminhando na direção oposta ao Monte, foi quando seu companheiro disse: "Logo abaixo, existe uma das nascentes daquele vale que você tanto admirou. Vamos beber desta fonte, pois a mesma possui propriedades que energizam e rejuvenescem o corpo, além de acentuar a percepção extra-sensorial, que neste lugar é mais importante do que o próprio alimento que você traz em seu embornal, visto que não conseguiremos vencer a jornada sem ela".

Mesmo sem entender o que ele dizia, sem nada comentar, continuou seguindo o seu guia, que, pouco tempo depois, comunicou-lhe: "Chegamos!". Entretanto, o Caminhante não via nenhuma água.

Calado, o Senhor do Caminho, apenas olhou para ele e sorriu. Em seguida, entrou numa fenda de pedra de pouco mais de cinqüenta centímetros de largura e uns três a quatro metros de comprimento. Ao atravessá-la, indagou: "Você vai ficar aí, parado?". Sem ter a menor idéia de para onde ia, o Andarilho encolheu o corpo e seguiu a voz de seu guia.

Chegando ao outro lado, ficou surpreso ao avistar o seu companheiro, pois constatou que a pele dele parecia ter rejuvenescido. O velho homem, então, falou: "Não sou diferente dos outros homens ou animais. Não sabe que todos os animais sentem-se mais fortes, seguros e poderosos em seu ninho? Este é meu lar, o meu refúgio. É aqui que recarrego as energias, falo com os Mestres e preparo-me para encontrar o Grande Senhor da Montanha Sagrada."

O Caminhante viu, enfim, a nascente, cuja água cristalina e gelada brotava borbulhante de um buraco de cerca de oitenta centímetros de diâmetro por cinqüenta de profundidade. Estendendo-lhe um coité, o Senhor do Caminho disse: "Beba à vontade, mas não se esqueça de que apenas uma gota desta água é suficiente para produzir seus efeitos, visto que o importante não é a quantidade, mas a razão pela qual se bebe dela, aliada à sua qualidade incomparável e ao seu poder divino de rejuvenescimento e purificação".

Bebeu um coité e meio, o necessário para saciar a sua sede, enquanto o Senhor do Caminho comentava: "Aquele que come, bebe, dorme ou faz qualquer outra coisa em excesso, não está armazenando energia, prazer ou qualquer outro tipo de realização, mas violentando o corpo e a vida, esquecendo o dia de amanhã, quando novamente sentirá fome, sede, sono ou necessidade de possuir o que antes esbanjou". Tal comentário foi recebido pelo Andarilho como um elogio, pois o mesmo sempre procurou respeitar os que nada possuem e sempre buscou ter e usar apenas o necessário para uma boa qualidade de vida, sem desperdícios.

Ao beber daquela água, percebeu que algo havia mudado nele, pois se sentia capaz de fazer qualquer coisa e vencer qualquer obstáculo, tamanho era o grau energético daquela água cristalina e leve. Seu corpo parecia ter absorvido não apenas aquele líquido e sua composição química, mas sua essência, sua energia vinda das entranhas da terra, presenteando-o com seu batismo purificador.

O Senhor começou, então, a preparar uma salada temperada com ervas aromáticas. Uma suave luz clareava o lugar onde estava o anfitrião, que o chamou para cear, alertando: "Temos que nos preparar para enfrentar um novo dia e uma nova terra, por isso, precisamos recarregar nossas energias e descansar os nossos corpos. É chegada a hora de alimentar-nos e dormir, para que possamos viajar nos caminhos do Universo sem o pesado fardo causado pelo desgaste do corpo".

Ao comer a salada, o Andarilho notou que estava ingerindo um alimento de alto teor nutritivo, pois sentia seu corpo mais forte. Percebeu, então, que a luz que invadia e clareava o lugar surgia do nada. Como se lesse seu pensamento, o companheiro explicou: "Essa luminosidade é a luz que ascende da consciência, de seu despertar. É a luz que brota do fundo do poço da vida e guia os homens rumo ao encontro com os Mestres Superiores".

Desde o encontro com o seu guia, o Caminhante do Universo havia notado que o mesmo não abandonava um pequeno bastão feito de uma espécie de umbigo-de-boi, todo trabalhado. Não escondendo a curiosidade, perguntou-lhe o porquê daquele apego, recebendo como resposta: "Você não carrega um cristal em seu pescoço? Cada um tem a sua proteção, o seu cajado. Por falar em cajado, posso garantir-lhe que, se você se dispuser a atravessar os caminhos, também receberá o seu, e ele, muitas vezes, será os seus olhos nas rotas de peregrinação da vida".

Deitaram, a seguir, num estrado feito de galhos coberto com macela-do-campo, cujo perfume impregnava todo seu corpo. Mesmo sem entender a questão do cajado e dos caminhos anunciados pelo Senhor, naquela noite, seu sono foi tranquilo: o sono dos justos. Sentia-se aliviado por ter triturado as dores ao longo da viagem, desde o momento em que era um espermatozóide.

Ensinamentos de amor

Pela manhã, antes mesmo de raiar o dia, seu companheiro de jornada despertou-o: "Você não veio aqui para dormir. É preciso que saiamos antes que o dia nasça, pois é nesta hora que se fecha o Portal. Se não sairmos, teremos que esperar até que ele se abra novamente".

O Andarilho levantou-se, lavou o rosto, bebeu um pouco de água da fonte, tomou sua colher de mel e saíram.

Após caminharem durante uns quarenta minutos, sentaram-se à margem do caminho para aguardar o nascer do sol, que, com sua força e energia, tingiu o manto da noite com um vermelho de vários matizes. Olhando para trás, não conseguiu localizar o lugar onde dormiram. Via apenas pedras, trilhas, alguns pequenos arbustos salteados e uma vegetação rasteira típica daquele lugar. Aquilo o intrigou, porém não disse nada. Nem era preciso, pois o Senhor do Caminho, que parecia escutar-lhe, falou: "Na volta, você verá todos os caminhos, pois, já os tendo percorrido, reconhecerá seus mistérios ao passar por eles, se assim desejar fazer". Dito isso, seu companheiro entregou-se às orações, enquanto o Caminhante fez sua meditação matinal para afinar-se ainda mais com a sintonia do Universo, buscando reunir novas forças para a gratificante tarefa do dia-a-dia.

Após meia hora de profundo silêncio, que os preencheu de uma paz indescritível, continuaram a caminhada, enquanto o Senhor do Caminho argumentava: "Quando estamos unidos em oração aqui, no lar ou em qualquer outro lugar, formamos em torno de nós e do recinto uma aura de luz e ficamos impregnados desta sensação de paz e êxtase. A atitude de cada um deve ser de despojamento, amor e dedicação. É preciso que haja disposição de assim estar e disponibilidade de assim proceder por pura gratidão, como fazemos neste instante, para que o todo nos recompense por nossa dedicação e desprendimento. A gratidão, o perdão e o amor não têm valor ou grande significado apenas como palavras. Eles, como tudo na vida, só expressam seu real valor e significado quando são praticados como reconhecimento, como um ato de louvor pelas graças que recebemos desde o instante em que nos tornamos vida. Tendo você aprendido as lições do caminho, praticando-as diariamente, estará sempre em harmonia com o Mestre, e Este sempre caminhará ao seu lado, socorrendo-o e protegendo-o, sem que seja preciso pedir-Lhe para ser atendido. Dependendo do caminho que seguir, das atitudes que tomar, poderá, um dia, simplesmente olhar para todas as coisas e, com o seu olhar, o seu proceder natural e os seus pensamentos de amor e elevação, manifestar a maior de todas as orações: a da compreensão, da concórdia, da completa integração, fórmula mestra que conduz à Luz. Então, com certeza, onde quer que esteja, por certo, estará fundido ao Mestre e Ele a você. A vida é formada de fragmentos, assim sendo, uma pessoa não pode ser julgada por um momento, como se toda a sua existência fosse constituída apenas daquele instante. É tolice acreditar que temos o poder de julgar, por um ato, toda uma eternidade, pois só quem vive o momento, sabe o porquê da ação. Precisamos ter consciência de que o autor da ação é o único responsável pelas conseqüências do ato cometido, desta forma, a ninguém cabe o direito de julgar a ação alheia, só Ele, o Supremo Senhor do Universo, tem tal poder. Enquanto a sociedade persistir em julgar o homem por suas posses, não será capaz de reconhecer o real significado da vida e do ser, que, muitas vezes, esconde-se naqueles que não têm posse, nem pão, nem teto, nem letras, mas que, dotados de sensibilidade, amor e respeito pelo Sumo Criador, guardam e preservam os valores fundamentais da vida, elevando e engrandecendo a essência humana perante o Grande Senhor do Universo e fundindo-se à Sua Luz. Às vezes, é preciso que cheguemos ao ponto mais próximo da convergência entre o bem e o mal, o positivo e o negativo, para melhor distinguirmos um do outro, mas precisamos sempre nos lembrar de que cada ação, cada ato, tudo tem um preço. Assim, devemos ter o cuidado de fazer com que nossas ações sejam determinadas de acordo com a plenitude de nossa razão, de forma que o êxito e o sucesso tornem-se uma constante em tudo aquilo que fazemos, que desejamos, que construímos e que planejamos. É por isso que o homem, para iniciar-se, deve mergulhar no poço da vida. E é por isso que você está aqui hoje, caminhando comigo, neste trilho que transcende o tempo. Em contrapartida, alerto-o de que o ciúme, a prepotência, a desonestidade, a ganância, a soberba, a falsidade, a covardia e a traição são fundidos na mesma têmpera mental do medo e da insegurança. Tais práticas mantêm o autor da ação sob o manto da ignorância, ofuscando a razão e tornando impossível encontrar o caminho ou descobrir as belezas que ele possui".

Depois de percorrerem um longo trecho, seu guia parou, tirou do embornal uma pequena bolsa de couro cheia de água, molhou a boca e passou-a para o Andarilho, que, fazendo o mesmo, olhou para trás e não viu apenas os caminhos tortuosos e cheios de pedras, mas uma grande cordilheira com matizes diversos. Percebeu, então, o quanto tinham caminhado desde a hora em que deixaram aquela gruta envolta pela névoa da magia, simplicidade e beleza.

O despertar

Ao ser indagado por seu companheiro se não estava sentindo fome, o Caminhante respondeu-lhe que, ao longo do caminho, a simplicidade e a profundidade daquelas palavras haviam saciado a sua fome. O Senhor do Caminho sorriu e disse: "É preciso que você não se esqueça de que o amor que o faz feliz é o mesmo que o pode fazer sofrer, porém tornar o sonho do amor uma realidade faz valer a pena tal risco, visto que só quem ama, sabe o prazer que é viver, pois não são os olhos que enxergam a beleza, mas a mente desperta, envolta pela sensibilidade. Sonhar torna o homem mais feliz. O sonho é uma forma de realizar seus mais íntimos desejos e, quando o homem sabe ter gratidão ao ver seu sonho realizado, por certo, poderá ter novos sonhos, pois deterá a certeza de que sempre verá brotar, no poço da vida, o suprimento de suas necessidades e, nelas, a realização de seus próprios sonhos. Quando o homem desperta, sente que o elo material é, na verdade, o veículo de sua evolução e que sua evolução passa, impreterivelmente, pelo aperfeiçoamento de seus valores interiores como ser humano. Não deve o homem esquecer que a ansiedade é a forma de transformar o momento e a realidade num sonho frustrante, e o desequilíbrio emocional torna o momento imprevisível, podendo causar dor, mágoa, ferir e até matar, pois o mesmo é um barril de pólvora recheado de espoletas e pronto para explodir".

Após aquelas palavras, recomeçaram a andar. Durante algum tempo, o Senhor permaneceu calado, deixando-o analisar e digerir aqueles ensinamentos. O Andarilho respeitou o silêncio de seu companheiro, o qual foi pelo mesmo quebrado: "Aquele que sabe aceitar o que lhe é oferecido pela vida e pelo Arquiteto do Universo, não se omitindo diante do que pode transformar, é, sem dúvidas, um vitorioso. Saber aceitar sem medo aquilo que a vida oferece é viver na plenitude, derrubar barreiras, vencer obstáculos, amadurecer o interior e fortalecer a essência divina, pois, por menor que seja a densidade da luz, ainda assim, ela consegue romper as trevas. Triste do homem que marcha num único lugar, pois acabará afundando no lodo de sua ignorância! É preciso voar! Quem nunca voou, nem em pensamento, não conhece o verdadeiro sentido da liberdade, pois, quem não sonha, não encontra razão para viver. Quando não limitamos nem distinguimos coisas, fatos ou pessoas, estamos sempre aprendendo um pouco mais a cada instante, visto que a vida é individual em suas experiências, e o que aprendemos com ela, quando aplicado no contexto próprio e na hora exata, será o que existirá de mais importante nesse momento. Só o saber transforma o homem num ser equilibrado, justo, honesto e iluminado, assim como só o momento determina a ação que pode conduzir ao saber. O homem deve observar o espelho do passado, porque o passado é o seu melhor conselheiro, é o retrato das vitórias e derrotas da humanidade".

Os olhos do Andarilho brilhavam, pois seu interlocutor fascinava-o com sua narrativa espontânea e recheada de saber. Nem bem digerira aqueles ensinamentos, o Senhor do Caminho recitou-lhe um poema falando das pegadas do homem sobre a terra:

"Como ovelha desgarrada,
percorre o homem os caminhos da vida.
Sem destino definido, disperso.

*Busca o que não sabe
em rumo ignorado,
no suspiro da vida,
em caminhos isolados.
Não sabe o que quer.
Não quer o que sabe.
Se fala, agride,
se não, entristece.
Se escuta, não ouve,
como se ali não estivesse.
Se ri, acha que se alegra,
mas esquece ter a luz da razão,
que não ofende e não mata.
Se chora, quer compaixão,
pois não lembra o que fez.
Levanta sem ver,
e, como cego, vagueia.
Enreda-se nas teias da vida.
Perdido à noite, enaltece o dia,
e, quando o sol nasce, o calor o aperreia.
Na soleira da porta, lembra
o gosto da brisa que sopra ao luar,
da chuva que cai, dando vida à terra.
Quando deita, não dorme,
não soluça, nem chora,
amargando a dúvida:
se vive ou se morre."*

O velho caminhante explicou ao Andarilho: "O homem não pode afastar-se do Caminho da Luz, por isso, deve sempre estar voltado para o topo da Montanha. Oramos para que todos despertem o quanto antes e possam ouvir o harpejar do som divino que a todo instante anuncia os jardins celestes como morada suprema para aqueles que ouvem e praticam os ensinamentos do Criador, e, como lhe foi dito no primeiro Portal, tudo pode acontecer em um dia ou em mil anos".

A agonia do planeta

Extasiado com as belezas daquele lugar, com a majestosa exuberância de sua paisagem, o Andarilho recordou-se da destruição imposta pelo homem à natureza, que produz danos e colabora para a devastação total do planeta de forma criminosa e acelerada, fazendo com que os rios, os mares, a terra, o ar e tudo que voa, nada, rasteja, anda ou vive debaixo da terra gritem por socorro, pois não há quem resista à tamanha destruição imposta pela ganância humana. Entristeceu-se ao ter aquela lembrança. Foi como se o caos penetrasse naquele lugar de beleza fascinante. Seu companheiro de jornada, sentindo a sua angústia, interrompeu seus pensamentos, alertando-o: "Faça a sua parte. Quem ama o Criador, não reclama da vida, não maldiz aquilo que tem, não procura discórdia, não promove a destruição ou a guerra. Quem ama o Criador, ama a todos os seres, todas as vidas, todas as coisas, só conseguindo ver beleza e alegria em tudo e em todos. É como o sol, que ilumina a tudo e a todos indiscriminadamente. Quem ama sem distinção, reconhece que todo o Universo está interligado pela força suprema do Senhor Criador. Entretanto, se alguém é provido de conceitos egoístas, sua análise será sempre tendenciosa, daí a importância de amarmos a todos indistintamente. Quem restringe seus conceitos, cria barreiras, pois produz uma análise unilateral. Lembre-se de que todo aquele que busca ver o lado negativo das coisas não consegue enxergar as maravilhas oferecidas pelo Sumo Criador. Tem olhos e não vê, ouvidos e não ouve. Por isso, tem a boca e a vida tão amargas quanto o fel dos próprios pensamentos".

Revendo as uniões

Depois desse desabrochar de palavras, o Andarilho, debruçando-se sobre seu pensamento, relembrou as passagens de sua vida conjugal. Mesmo ante às belezas da natureza e das palavras de seu companheiro de jornada, suas recordações remoíam seu interior.

Durante algum tempo, o Senhor do Caminho manteve-se calado, até que, de repente, rompeu o silêncio e questionou: "Será egoísta alguém que quer viver a sua vida como lhe convém, se ele é o único responsável pelos seus atos? Ou o egoísta é aquele que vive a sua vida como deseja e quer que o outro siga os seus passos, quando este quer tomar outro rumo? Não seria melhor que, no encontro dos seres, fosse traçado um ponto comum capaz de tornar cada momento vivido um momento de amor, compreensão, amizade e respeito, de forma que ambos cresçam juntos? Por certo, muitos matrimônios desmoronam-se por incompreensão de um ou de ambos os cônjuges ou por manifestações imaturas e levianas que deflagram a guerra em que ambos são derrotados pelo desrespeito à individualidade. Como, então, poderia ser evitado que pessoas que se amam atinjam o auge da incompreensão, da separação e da deterioração da família, destroçando o amor do casal e daqueles que vieram através dele? O casamento ou a união de dois seres, creio eu, deve funcionar como uma sociedade, mais que isso, uma cumplicidade, pois tanto a mulher quanto o homem, em sua maioria, querem ou buscam um complemento para suas vidas. Mas, para isso, é necessário que lembrem que uma união deve ser um somatório de forças e não uma batalha para descobrir com quem está a razão, ou quem levou vantagem numa discussão. Não existe uma fórmula mágica para não permitir que a incompreensão chegue ao auge, mas acredito que o diálogo deva ser o princípio de tudo, pois, sem o mesmo, não haveria como expressar o amor e não existiria a união do casal. O diálogo, porém, deve ser desprovido de vitórias individuais, em reverência à coletiva. Também o respeito faz parte desse contexto, pois, sem ele, não existe o diálogo. O diálogo é o falar e o ouvir na busca de um ponto ideal, que promova a concórdia e reverencie o bem de ambos. A compreensão é fundamental para a execução de tal processo. Sem compreensão, o amor torna-se amputado. Não acredito que o amor exista onde não há diálogo, respeito e compreensão. Será que amamos quando repudiamos o ser amado, quando só ouvimos o que desejamos, sem nos preocupar com o que o outro sente ou tem a dizer? Será que amamos quando tentamos impor nossas vontades e idéias, mesmo que isso torne infeliz ou descontente a pessoa que dizemos amar? Será que amamos quando nos escondemos numa concha de martírio, dúvidas e dor causados pelo egocentrismo desajustado, enquanto o outro procura dar-nos conforto, amparo e ajuda na solução de nossas dúvidas? Creio, meu caro amigo de pouco tempo e longa jornada, que o amor deve ser baseado na amizade, no respeito, na compreensão, no diálogo e na sensatez, pois, respondendo às minhas próprias perguntas, acredito que quem ama verdadeiramente sempre busca a consonância da comunhão conjugal, pois reconhece que o amor precisa ser livre para ser libertador e libertador para ser livre, para acalentar, acolher, ajudar, fazer crescer e prosperar, multiplicar os pães e os peixes, preencher os céus com estrelas multiformes, construir o abrigo para agasalhar-se do frio e proteger-se do véu da noite. Só quem ama de verdade é capaz de trabalhar incansavelmente na edificação da paz e da vida. Por tudo isso, é que o primeiro mandamento da Lei Divina exalta o amor, pois, sem ele, o mais belo diamante torna-se opaco, a mais rara flor perde o perfume, o dia e a noite perdem o brilho. Só o amor pode fermentar o tempo, produzir a vida e transformar um em todos e todos em um, perfazendo a razão do pão que alimenta a alma do próprio Universo. Tudo isso que lhe disse é muito bonito e de importante significado, porém, para que se cumpra o mandamento, é fundamental preservar a individualidade de todos, e isso é respeitar o próprio fluxo do Universo. Saber sem praticar é como ter água e não a tomar para matar a sede!".

As lembranças da Luz da Manhã

Pararam e sentaram-se nas pedras à beira da trilha. O velho caminhante, lembrando-lhe que o corpo necessitava de cuidados especiais, ofereceu-lhe um pouco de uma garrafada que trazia em seu embornal, a qual, segundo o Senhor, continha plantas de grande teor nutritivo que reporiam suas energias, fortalecendo-os para a caminhada.

Depois de tomar aquela bebida, cujos ingredientes pareciam ter sido recentemente colhidos e triturados, o Andarilho ficou algum tempo desfrutando o seu gosto amargo e doce. Um sabor de vida, parecido com o que sentia nas acerolas, amoras, araçás, bananas, canas, cocos, frutas-de-conde, goiabas, grumixamas, jabuticabas, laranjas, limões, mamões, mangas, nectarinas, pitangas, tangerinas, uvas e outras frutas cultivadas na Chácara Luz da

Manhã, sua residência, bem como nas verduras e legumes lá cultivados sem agrotóxicos, que têm um sabor diferente dos comercializados nos mercados, e também nas geléias produzidas com as frutas da chácara.

O Caminhante ficou feliz com a lembrança da chácara, e sentiu-se gratificado ao recordar que transformara um terreno que antes era cheio de erosão, formigas e cupins numa área produtiva e preservada.

Seu guia trouxe-o de volta ao caminho, alertando-o: "Não se preocupe com o tempo nem com o caminho percorrido, pois a hora não tarda para que cheguemos ao pé do Monte Sagrado. Não se esqueça de que há tempo para todas as coisas, e que, dentro desse tempo, todo tempo intermediário é importante, pois cada coisa, cada fato, cada pessoa e cada momento são únicos e, por serem únicos, são fundamentais na constituição do Universo. Devemos, portanto, modelar a nossa própria existência de forma que sejamos justos e dignos ante toda passagem, e, desta maneira, possamos ser reconhecidos como filhos do Supremo Criador. Entretanto, aquele que não se dedica, que não reconhece a importância da roçada, por certo, ao lançar a semente à terra, já terá seu corpo cansado devido à falta de amor no roçar para o preparo da terra, pois, da mesma forma e com a mesma satisfação que temos ao comer o fruto, devemos roçar e semear, visto que cada ato feito com amor, por mais difícil ou mais simples que possa parecer, deverá sempre ser um momento de satisfação e de realização, em respeito à unicidade de cada um. Veja aqueles que levantam grandes pesos em competições. Um alterofilista, ao levantar pesos de grandes proporções, sente-se realizado, pois, apesar do esforço, existe a satisfação pessoal do ato, a conquista do atleta. Sem essa satisfação, por certo, qualquer peso, por menor que seja, torna-se insustentável e cansativo até para aqueles que se preparam para tal feito."

Exemplo de amor e perdão

"É preciso que empreguemos em todas as coisas o mesmo amor que dedicamos à pessoa amada. É necessário que respeitemos a todos como devemos fazer com Aquele que os criou. Devemos sempre lembrar os questionamentos de Jesus, o Grande Mestre: 'De que vale amar só os que nos amam? Também os ímpios não fazem o mesmo? Amai os que vos perseguem. Se alguém vos ferir a face direita, oferecei-lhe também a esquerda, se alguém vos pedir que caminheis com ele mil passos, ide com ele dois mil.' Meu caro Andarilho, tais ensinamentos são de grande importância, visto que nos mostram que a superioridade não está naquele que escraviza, que crucifica, que maltrata, que domina ou que extermina, mas, sim, naquele que é capaz de ver o Criador em tudo e em todos, pois, quando assim procedemos, estamos transformando o mundo num mundo melhor, e exemplificando na ação os ensinamentos deixados pelo Mestre dos Mestres. O postulante à Iluminação deve lembrar-se de que as práticas conscientes e espontâneas do amor, da compreensão, da verdade, da justiça, do perdão e da fraternidade são chaves que abrem os Portais de acesso ao cume da Montanha Sagrada. Só o Sumo Criador tem o poder de dar o sopro da vida e estancar o último suspiro, é Ele quem traça a linha da existência. Devemos ter a certeza de que, quando nos entregamos aos ensinamentos divinos e acreditamos na bondade e sabedoria do Supremo Criador, Ele sempre nos socorre, dando-nos o que beber, o que comer, o que vestir e abrigo, pois o Universo foi criado para suprir as nossas necessidades, estando tudo ao nosso dispor, dentro do princípio da infinita provisão do Arquiteto Supremo. Mas somente quando retiramos o véu do egoísmo, da raiva, do ódio, da inveja, da prepotência e da injustiça, conseguimos ter olhos e ouvidos abertos para ver e ouvir as instruções emanadas do Supremo Criador. Para que possamos receber tais dádivas, também é preciso que, a cada instante de nossas vidas, plantemos apenas as boas sementes e que empreguemos todo o amor no plantio, entregando nas mãos do Criador o resultado da colheita, na certeza de que ela nos será dada dentro dos princípios do amor, da dedicação, do respeito e da satisfação com que plantamos cada semente.

Quem somos nós hoje, senão a soma de todos os ontens?! Tal realidade faz-nos pensar o quanto devemos dedicar bem os nossos momentos, pois, para o Criador, o importante não é o valor material do feito, mas o amor empregado em cada ação e o reconhecimento do valor da unicidade como um princípio fundamental da existência. Toda e qualquer ação, por mais banal que pareça, desde que praticada por amor, é uma semente que nos assegura, em algum tempo, colher um fruto capaz de suprir as nossas necessidades. Com o tempo, aprendemos o quão importantes são as palavras de Jesus 'orai e vigiai'. Aprendemos que vigiar é transformar cada ação no templo sagrado da oração, pois uma oração vazia, sem ação, é o mesmo que construir uma casa sem teto. Sei o quanto parece difícil vigiar. E também como parece difícil ter paciência, persistência, boa vontade, determinação, equilíbrio, coragem e confiança em nós mesmos, pois não existe um manual para ensinar como encarar a multiplicidade de fatos que ocorrem a todo instante em nossas vidas. No entanto, de uma coisa estou certo: quanto mais vigiamos, menos erramos, menos agredimos a nós e aos outros. Conseqüentemente, menos infringimos as leis fundamentais do Universo. Quando o vigiar torna-se um hábito, a consciência desperta! Quando a consciência desperta, passamos a viver mais próximo da elevada mente do Mestre. E quando chegamos a esse estágio, desfrutamos de inúmeras vantagens, pois, para todas as nossas dúvidas, vêm-nos a resposta e todas as nossas carências são supridas. Isso porque nos tornamos um com o Todo, e Dele sempre recebemos aquilo que, em algum tempo, terá sua finalidade insubstituível dentro do contexto de nossas vidas a fim de atender as nossas necessidades. Quando ainda somos crianças, desejamos crescer logo para sermos 'donos de nosso nariz'. Mas, quando crescemos, descobrimos que, somente com a pureza da criança, seremos capazes de personificar a verdadeira imagem de filhos de Deus. Ser criança é ter pureza de coração, ter amor a tudo e a todos, sentir alegria nas pequenas coisas. É manifestar a plenitude da sinceridade, viver com o que se recebe e sempre mostrar gratidão por aquilo que se tem. Por isso, a frase de Jesus: 'Deixai vir a mim as criancinhas, porque delas é o reino dos céus'. Se não reconhecermos em cada ser o nosso filho, o nosso pai e a nossa mãe, como poderemos dizer que acreditamos que Deus é o Criador do Universo e que Ele habita em cada um de seus filhos ou criaturas?", disse o Senhor do Caminho ao Andarilho, como forma de prepará-lo para as estradas da vida.

As dores reforçaram os princípios

Ao ouvir aquelas palavras, o Andarilho mergulhou na introspecção, refletindo: "Reconheço que as dores foram dádivas do Supremo Criador para despertar minha consciência adormecida pela revolta, pelo orgulho, pelo egoísmo, pela prepotência e pela falta de verdadeiro amor a Ele, o Senhor do Universo. Ao reconhecer isso, sinto-me mais forte. Agradeço por tudo que tenho, porém a única riqueza que acredito verdadeiramente possuir são os meus atos, o respeito que adquiri pelo Senhor do Universo e pela Sua criação, a consciência tranqüila de quem, ao ser chamado a servir, pôs-se a Sua disposição, levando conforto e carinho, expressando amor e compaixão, praticando o perdão e a gratidão e estendendo a mão a todos os seus filhos na hora em que necessitaram".

Interrompendo suas reflexões, o guia continuou: "Sei o quanto você cresceu! O quanto tem amor dentro de si. Acredito em você, no seu amor, na sua força. Sei também que o tempo é o cimento do amadurecimento e que só ele nos ensina o verdadeiro valor da vida. E este não se resume no ter, mas no ser. Pois o ser sobrevive através dos tempos nos exemplos deixados. Meu amigo, admiro a sua caminhada e o seu interior. Você reconheceu que toda dor foi pouca diante do muito que o fez crescer. E isso só ocorreu porque você soube, até aqui, subtrair das dores o lado positivo e descobriu que foi você quem provocou e escolheu suas dores, pois possui o livre arbítrio. O fato de não procurar culpados para os seus sofrimentos, mas reconhecer suas próprias culpas, tornou possível o seu mergulho e, assim, o amadurecimento ao analisar cada ensinamento. Há de chegar a hora em que nossos caminhos separar-se-ão, porém, nesta hora, é bom que se lembre de que isso se dará porque já terá cumprido a etapa que devemos percorrer juntos e que, a partir desse instante, tanto eu como você traçaremos novas rotas, descobriremos novos caminhos e, por certo, estaremos mais próximo de nosso principal objetivo, mas, mesmo assim, continuaremos interligados pelo fio mágico que integra todo o circuito ligado ao Supremo Criador. O aprimoramento do ser, a iluminação do espírito, a aproximação maior com a luz que emana do Universo e a integração e o prazer de reconhecer em tudo e em todos o Supremo Criador, que a tudo vê e em tudo está, que em você vêm sendo despertados são a senha de acesso à iluminação de nossos caminhos e representa um elo que não pode ser desfeito com o passar do tempo".

O dia já estava pondo-se e o Caminhante sequer imaginava onde iriam pernoitar.

Seu companheiro, ao avistar, a alguns metros de onde estavam, uma parede de pedra de aproximadamente trinta metros de altura, disse-lhe: "Hoje vamos abrigar-nos próximo àquela parede".

Ao chegarem à base da referida rocha, assistiram a um pôr-de-sol magnífico. Após aquele espetáculo de cores indescritíveis, o Andarilho seguiu seu companheiro por uma trilha que subia contornando a parede, a qual, estreitando-se, obrigou-os a andarem de lado, encostados à pedra, até chegarem a uma fenda na qual entraram e continuaram caminhando por mais alguns metros. Depararam-se, então, com um salão de uns cinqüenta metros quadrados, onde havia um fogão feito de pedras, um pequeno feixe de lenha ao seu lado, algumas vasilhas de barro cheias de água e duas camas feitas também de pedra, cobertas com ervas secas e forradas com um grosso tecido.

Naquele local, o Senhor do Caminho disse: "Quase não chegamos a tempo de encontrar o Portal e abrigar-nos. O nevoeiro já está baixando e a noite será fria". E ofereceu ao Caminhante uma salada de ervas frescas, pegando, depois, uma moringa da qual lhe serviu uma bebida meio amarga, de sabor inigualável, que o aqueceu durante toda aquela noite.

Amor: o elixir da vida

Depois de cear e tomar aquela bebida, o Senhor do Caminho deitou-se. O Andarilho, sentido que seu companheiro estava em oração, deitou-se no lugar a ele reservado e passou a refletir sobre mais aquele dia de caminhada: "Quando construído sobre o alicerce do diálogo e da compreensão, é o amor uma poderosa alavanca de paz, harmonia, saúde, prosperidade e complementação da vida. Porém, quando alicerçado sob o obscuro manto da indiferença, do ciúme, do descaso e da constante desarmonia, o amor deixa de existir e, em seu lugar, assumem, como frutos da semente plantada, a infelicidade e a insatisfação, perdendo o amor, desta forma, a sua razão de ser e de existir. Se falta lenha, o fogo esvai-se e vem a fome, por não existir o fogo. É a lenha aparada no dia-a-dia que mantém acesa a chama da paixão, do bem-querer e do amor, para que reinem a paz e a harmonia, princípios fundamentais do alcance da felicidade, da prosperidade e da consolidação do próprio amor. Quem ama, busca a paz, que só se faz presente através do diálogo e da compreensão. Chegar ao cume da montanha, onde só o amor existe e os atalhos são constituídos da felicidade, é possível quando diluímos, em cada instante, as divergências e reverenciamos aquilo que melhor equilíbrio represente em cada ação. O culto a cada graveto do caminho e o respeito pelo seu estar e manifestar representam a preservação da lenha que alimenta e dá vida ao fogo do amor. O amor deve ser manifestado em sua plenitude, pois esta manifestação representa a sublime expressão do verdadeiro sentimento que liberta, une e faz vibrar o Universo em uma única sintonia. Só mesmo o amor, com seus matizes, para preencher, de formas tão diferentes, a essência do ser humano com alegria e satisfação, formando um sentimento de complementação mútua. Para isso, devemos amar, sem, contudo, possuir, pois cada um pertence a si próprio e esse é um princípio que não deve ser esquecido, pois nele deve ser fundamentado o amor. Quem não permite o desabrochar de seus sentimentos, por medo ou decepção anterior, sufoca o amor e amarga, com o tempo, a dor de não o ter realizado. E sufocar o amor é o mesmo que se condenar à tristeza, à frustração e ao sofrimento, pois aquele que não permite a manifestação do amor, não é capaz de realizar a materialização de seus sonhos mais íntimos. Amar é flutuar num jardim de delícias, respirar as essências mais raras, cear o manjar dos deuses, ouvir o canto das sereias e repousar nos braços da felicidade e da realização. Por mais que se tente explicar o amor, não é possível, pois, como o mais nobre dos sentimentos, o amor só pode ser sentido. Não importa onde, quando ou por quê: o amor, por si só, completa-se. Mas, se um dia a ardente chama do amor for reduzida, que sejam guardadas apenas as belas passagens que ela clareou, para que os sonhos perdurem".

Mergulhado naquelas reflexões, adormeceu. A noite parecia longa. Por vezes, ele acordou e, quando olhava para o Senhor do Caminho, este, apesar de estar dormindo, parecia sorrir, talvez demonstrando a beleza de seus sonhos. O Caminhante concluiu que um ser com tamanha sabedoria e amor só poderia dormir sorrindo.

Antes mesmo do raiar do novo dia, o Senhor do Caminho acendeu o fogão e preparou um chá de ervas.

Despertado pelo delicado aroma que se desprendia das ervas em ebulição, o Andarilho levantou-se sentindo que algo havia mudado nele. Parecia prever que estava perto de seguir sozinho o seu caminho, deixando para trás o companheiro de jornada.

Juntos tomaram o chá e dividiram os dois últimos pedaços da broa de milho, a qual foi elogiada pelo Senhor que disse: "Tem gosto de milho novo, moído em moinho d'água". Olharam-se e sorriram com cumplicidade. Aquelas palavras mostravam que seu companheiro era um homem de gosto simples e apurado, conhecedor das coisas boas da roça.

Seu companheiro chamou-o para observar a vista do lugar. Andaram através de uma fenda na pedra até chegarem em outra gruta, onde haviam dois enormes buracos que mais pareciam dois olhos. Debruçaram-se cada um em um dos buracos e, para sua surpresa, o Andarilho avistou, ao longe, uma mata em cuja encosta havia alguns pontos brancos. De imediato, o Senhor do Caminho disse: "Aquelas são choupanas onde se abrigam os que precisam fazer um estágio antes de continuar a caminhada. Lá eles aprendem sobre humildade, vida em comunidade, respeito e, principalmente, a cultuar o perdão e a gratidão e a reverenciar o amor como o mais alto grau de expressão do sentimento humano".

Olhando aquelas choupanas, o Caminhante indagou a si mesmo: "Será que minha intuição de que está próximo o momento de meu guia deixarme e o fato de ter sido trazido para ver as choupanas indicam que preciso fazer um estágio naquele lugar antes de continuar a caminhada? Será que deixei algo para trás e não percebi?".

Tendo no rosto um riso de criança travessa, seu companheiro disse: "Vamos! Temos muito que caminhar para que se cumpra a nossa missão". E, ao ser indagado pelo Andarilho sobre o quanto ainda teriam que caminhar, respondeu: "Não tenho tal resposta, porque só o Grande Senhor do Universo determina o tamanho da caminhada. Mas, de uma coisa estou certo, ela será do tamanho de nossas necessidades de crescer e aprimorar o ser divino que existe dentro de cada um de nós. A tarefa de chegar ao topo da Montanha Sagrada dura o tempo determinado pelo Caminhante, pois só ele, com a consolidação dos princípios que norteiam o desenvolvimento do seu ser, será capaz de romper as barreiras, descobrir e adentrar no caminho que leva ao topo. O fator determinante para desvendar o caminho é ter adquirido a consciência do valor de cada passo, guardado a essência de cada passagem, atirado fora os danos e estragos que eles possam ter provocado em um tempo determinado e, principalmente, ter o coração puro, para receber o poder que emana do topo da montanha, pois, uma vez adquirido tal poder, o homem torna-se mais forte e essa força produz efeito para ambos os lados. Portanto, seu direcionamento é que determinará se trará benefícios ou não. Daí a importância de que aquele que busca determine, ele próprio, o seu tempo para adquirir tal poder, pois o poder deve ser do tamanho da responsabilidade de quem o tem, para que seu exercício seja sempre em prol do aprimoramento do ser".

A viagem é rumo ao infinito

Após o Caminhante tomar um pouco de água do reservatório de barro de seu anfitrião, deixaram aquele Portal para dar início à caminhada daquele novo dia, enquanto o Senhor do Caminho dizia: "Não fique ansioso nem queira apressar os seus passos, pois 'há tempo para todas as coisas... Há tempo para nascer e há tempo para morrer. Há tempo para plantar e há tempo para colher o que se plantou'. E quem colhe antes do tempo, perde a maior parte da colheita. Ademais, o fruto colhido na hora certa tem um sabor especial: o do amadurecimento, onde manifesta a plenitude de sua essência. Portanto, é muito mais saboroso".

Ditas essas palavras, o guia calou-se. Enquanto se afastavam de onde haviam pernoitado, o Andarilho digeria tudo que havia passado durante a caminhada: "Já não existem mais dores. Só receberei o que me estiver reservado, na medida em que estiver preparado. Assim foi desde o início de minha existência. Cada vez mais, acredito que o antigo ensinamento de que 'não cai uma folha de uma árvore, se não for por vontade Divina', que ouvi tantas vezes ser pronunciado por minha mãe, não são palavras vazias, mas uma realidade, pois, refletindo sobre minha caminhada, descobri que, em épocas diferentes, agi de maneira diferente ante cada situação, porém, todas as minhas ações, da mais agradável à mais desagradável, vindas, a seu tempo, com objetivo próprio e tendo, por isso, sua razão de ser e de existir, todas tiveram o seu valor e contribuíram de forma ímpar para eu estar aqui em busca de uma elevação maior. Elas foram a base de tudo".

A certa hora, seu companheiro perguntou: "Que acha dessas paisagens?". Despertado de suas divagações, o Andarilho deu-se conta de que percorriam um trilho junto a uma encosta por cima de uma mata, cujo verde harmônico refletia o despontar do sol, embalado pela canção das águas de uma cachoeira situada nas profundezas daquela mata.

Sentaram-se numa pedra à beira do precipício e ficaram ouvindo aquelas águas. Quanto mais o tempo passava, mais nítido tornava-se o som, acompanhado, de vez em quando, de uma lufada de vento que levava até eles o cheiro da mata.

Apesar de estarem distantes daquele ambiente, a cada instante sentiam ainda mais a sua atmosfera, o que fez com que o Caminhante questionasse aquele fenômeno, recebendo como resposta: "Quanto mais nos harmonizamos, mais nos integramos com o todo. Por isso, nossa percepção fica mais aguçada, nossos sentidos mais ativos e, desta forma, mais nos aproximamos do Criador de tudo e de todos, tornando nossa tarefa mais agradável e o caminho menos sinuoso, até chegar o momento em que, em qualquer lugar que estejamos, conseguiremos sentir nele o próprio paraíso".

O vento soprava friamente. Seu companheiro de jornada ofereceu-lhe água e perguntou-lhe se desejava comer algo. Tomando a água, o Caminhante do Universo respondeu que o que lhe fazia menos falta era a comida, pois a magia do lugar e a sabedoria de seu guia alimentavam-no. O Senhor do Caminho, então, sorriu e disse: "Eu sei o que você está sentindo! É que o alimento do espírito nutre muito mais do que o do corpo, pois fortalece o ser, proporcionando leveza, bem-estar, alegria, felicidade e paz. E quando o espírito está nutrido, todo o resto passa a ter menor importância".

Após longo tempo debruçados sobre o abismo, reiniciaram a caminhada naquele trilho que se tornava mais estreito a cada passo. A certa altura, seu companheiro indagou-lhe: "Você já observou que, em todos os caminhos percorridos, geralmente os mais estreitos são justamente aqueles que nos obrigam a ter maior atenção e proporcionam-nos, na maioria das vezes, as maiores vitórias e conquistas?".

Levantando a voz pelos oprimidos

Aquela travessia fez com que o Andarilho refletisse sobre as turbulências e conquistas de sua vida profissional, constatando que nela as lutas em favor dos que não tinham voz nem forças para enfrentar o tufão do arbítrio resultaram em um mar que ora estava em calmaria, ora estava agitado devido ao vento do autoritarismo e dos desmandos que o atiravam contra as rochas da vida, causando-lhe dores físicas e emocionais, muitas das quais demoraram longo tempo para cicatrizar. Mas cicatrizaram, pois, sempre 'depois da tempestade, vem a bonança'.

Naquela cidade onde fora seqüestrado e torturado física e mentalmente, iniciou sua atuação profissional, que se firmaria três anos depois, quando se mudou para o interior de Minas Gerais. Como profissional e atuante político, participou da luta contra a ditadura militar e contra os desmandos do autoritarismo, em favor da democracia e das 'Diretas Já', caminhando ao lado de personalidades políticas ilustres de Minas Gerais. No entanto, a mais árdua luta foi contra uma oligarquia que imperava há quarenta e cinco anos em uma cidade do interior, a qual combateu ao lado de outros até a vitória em 1985.

Chegar à vitória foi uma caminhada difícil, na qual teve que suportar as perseguições políticas, as calúnias, a discriminação, a difamação e as ameaças de morte a si e a sua família. Ele já havia coordenado, na região, antes desse pleito, uma campanha para governador que culminou com a eleição de um dos maiores líderes políticos desses tempos, o qual, depois, foi eleito presidente da república e aclamado por toda a nação por ocasião de seu falecimento.

Com Tancredo Neves, entendeu o verdadeiro sentido da política, pois aprendera com ele que, 'enquanto houver neste país um só homem sem trabalho, sem teto, sem pão e sem letras, toda prosperidade será falsa'. Tal ensinamento despertou-lhe que, sem esse princípio básico, não é só a prosperidade que é falsa, mas também a democracia, o respeito humano e, acima de tudo, a crença em um único Criador que em tudo está e em todos vive.

As lutas eram constantes e, como guerreiro, ele as empreendia sem se preocupar com as conseqüências. Só sobreviveu porque manteve os olhos sempre abertos e teve a proteção do Criador Supremo.

O clima de tensão e perigo era tão grande que, certa vez, um delegado de polícia amigo seu, com os olhos cheios de lágrimas, disse-lhe: "Meu caro, você está lutando contra gente muito poderosa e perigosa. Você nem sabe, mas eu tenho mandado protegê-lo. No entanto, temo por sua vida, pois pode não haver ninguém por perto na hora de um atentado. Tome muito cuidado".

Por acreditar que, ao entrar no campo de batalha, não se deve esmorecer, ele se manteve nas trincheiras de resistência das liberdades democráticas, e assiste, hoje, a todas as vozes serem ouvidas e todos os pensamentos expressados por aquelas bandas das Gerais, bem como no resto do país.

Sua luta tinha uma razão de ser, uma força interior que sempre o fazia combater o que fosse injusto, desonesto, autoritário e covarde, em favor da vida, da igualdade social, da justiça e em defesa do ser humano e da natureza. Uma luta no campo das idéias. Foi da crença nessas convicções que o Andarilho retirou a munição e a força necessária para lutar.

Quando, ao empreender uma luta, cometia exageros contra seus adversários, o Caminhante procurava dar as mãos à palmatória em busca de reparar os erros cometidos, aprendendo, com isso, que uma das principais maneiras de crescer é reconhecer o erro e corrigi-lo, pois só cresce quem tem a capacidade de julgar a si próprio com honestidade e isenção.

Recordar aqueles momentos trouxe ao Caminhante certa angústia, pois, apesar de estar preparado para empreender as batalhas, seus filhos, esposa e familiares sofriam quando era perseguido, preso ou processado, golpes que se abatiam sobre ele como conseqüência dos frutos plantados no campo de batalha.

A luta política foi árdua, mas prevaleceu, impregnado na consciência do povo, o sentido de liberdade, e esse ninguém pode tirar, pois a liberdade é a única e verdadeira riqueza do ser humano. Sem liberdade, a vida perde o seu verdadeiro sentido.

Cada etapa da luta é um pedaço do Caminhante e, sem elas, a história, por certo, seria diferente. Os conceitos e conclusões talvez também fossem, daí o porquê do respeito a todas as etapas e de não maldizer a nenhuma delas, pois a vida é assim: tanto se aprende por amor, como se aprende pela dor.

No alto daquela majestosa montanha, o Andarilho pôde avaliar o quanto sua atuação profissional foi, é e será importante em sua trajetória de vida, não só por ter tido a oportunidade de servir ao próximo, por ter sobrevivido às intempéries e por colecionar dezenas de títulos, diplomas e honrarias graças às suas lutas e ao seu trabalho, mas, principalmente, por poder, depois de tudo que passou, encontrar-se naquele maravilhoso lugar ao lado de uma criatura tão mágica, repleta de luz e saber, amor e bondade, paz e serenidade, um ser especial que tem no servir a manifestação de gratidão ao Criador.

O Caminhante do Universo, a cada lembrança, sentia-se como uma lagarta desprendendo-se do casulo, cada vez mais próximo de alçar vôo.

O Senhor do Caminho, que até então havia permanecido calado, disse-lhe: "Quem olha o peso que carrega, multiplica-o por muitas vezes o peso real. Saber deixar para trás os pesados fardos é de grande importância para a continuação da caminhada. Se você não tivesse aprendido isso, não estaria aqui, não teria sobrevivido; teria sido, como muitos, derrotado por um desvio de trajeto. Saiba, meu caro Andarilho, que você não sobreviveu por acaso, mas porque sua luta foi justa, porque você teve persistência e determinação, tem uma missão a cumprir e tudo o que viveu será empregado ao longo do caminho, enquanto o Criador mantiver o sopro da vida e você puder caminhar sobre a terra. Sua reflexão é o sinal de que o menino que foi descoberto no início da caminhada cresceu. Agora, é necessário que ele transforme o seu coração em um coração de criança, para que possa ser acariciado pelas mãos do Senhor da Montanha e, sob a Sua proteção, continue a jornada rumo ao infinito em suas peregrinações pela vida. Lembre-se sempre de que as vitórias ao longo da jornada só se tornaram possíveis porque, em cada passagem, você usou o amor como combustível, a determinação como princípio, a fé como escudo e a sabedoria como fim. Para chegar ao cume da Montanha Sagrada, é preciso que não se esqueça do que lhe falo, pois, se assim não proceder, de nada adiantará ter vindo até aqui e, muito menos, buscar o cume, visto que este só é conquistado através das ações praticadas ao longo do trajeto. Lembre-se: só colhe flores, quem as planta e sabe suportar os espinhos, pois, por mais que eles arranhem, por mais que firam, por mais que furem a carne e façam o sangue jorrar, a fragrância que as flores exalam é um fluido divino lançado pelo Sumo Floricultor como bálsamo para o alívio das dores, perfumando os que persistem no plantio dos canteiros da vida".

As palavras do Senhor do Caminho ecoavam na mente do Andarilho, pois sentia que seu coração tornava-se aliviado, como se fosse um pote de amor, alegria, paz e contentamento, proporcionando às suas ações firmeza e equilíbrio, que resultariam na conquista da Montanha.

Seu companheiro parou, sentou e, oferecendo-lhe água, disse: "O amor, quando desperto, é como uma bola cheia de ar que vive presa ao fundo do mar: tão logo é liberta, vem à tona com uma força surpreendente, saltando para o alto para flutuar e viver a plenitude da liberdade, a qual não se limita a espaços nem escolhe trajetos. Assim deve portar-se o que busca a conquista da Montanha, fazendo desprender do âmago de seu ser todo o amor existente, de forma que este ultrapasse barreiras e esparja-se por toda a atmosfera, como fórmula única de proporcionar o bem-estar de todos. Deve o postulante lembrar-se de que um coração impuro, cheio de raiva, ódio, ressentimento ou rancor, não chega a lugar nenhum, senão ao conflito, à insegurança e à sua própria destruição".

Permaneceram ali por algum tempo, como se bebessem no cálice da vida o éter das palavras e ensinamentos que pairavam no ar. Como um filme, o Andarilho revia as pegadas deixadas pelo caminho. Quando percebeu, a noite já anunciava que iria cobrir o dia com o seu manto. Seu companheiro, então, convidou-o a continuar a caminhada em busca de abrigo.

Deixando a trilha que seguiam, desceram por outra mais estreita. Caminharam durante uns dez minutos até chegarem a uma gruta, cujo salão media aproximadamente vinte metros quadrados.

Ao entrarem na gruta, o Senhor do Caminho acendeu uma lamparina a óleo, permitindo ao Andarilho constatar que aquele era outro abrigo usual de seu companheiro, pois, assim como os outros, também tinha um pequeno fogão de pedras, algumas vasilhas de água e duas camas.

O alimento do corpo e da alma

Sentando-se em uma das camas, o Caminhante lembrou-se de que, naquele dia, haviam ingerido apenas o chá e a broa pela manhã. Ficou imaginando se seria possível viver sem o alimento do corpo, questionamento que foi respondido pelo Senhor do Caminho: "Nem todo caminho é igual, nem todos os lugares têm as mesmas energias e nem sempre o alimento do corpo pode ser dispensado, portanto, o dia de hoje não é igual ao de ontem, nem será igual ao de amanhã".

Aquelas palavras abriram-lhe o apetite. Seu anfitrião, usando alguns frutos silvestres, fez uma sopa cuja receita havia aprendido com a Mestra das Ervas. A princípio, o Caminhante ficou surpreso com o gosto um tanto exótico daquele alimento, doce e salgado, mas o Senhor lembrou-lhe: "Na fusão dos opostos está o equilíbrio. Se você busca nutrir-se, esta sopa é o suficiente, mas, se busca alimentar a gula, por certo, ela não é o que procura, nem eu tenho aqui o que quer. A aparição de inúmeras doenças que abatem o homem moderno é derivada de uma alimentação carregada de artificialismos, como acidulantes, corantes, conservantes, carnes com antibióticos e anabolizantes, que, misturados à gula, tornam a vida do homem frágil e exposta".

Naquela noite, conversaram por um longo tempo. Em certo momento, o Senhor do Caminho falou: "Está chegando a hora de continuar a sua caminhada. Quanto a mim, tenho outros caminhos para percorrer. Acredito que você atingirá seu objetivo, mas não se surpreenda se, ao atingi-lo, sentir que ainda não é lá que esperava chegar, pois é assim mesmo: quando terminamos uma tarefa é porque, na verdade, estamos no início de outra. Afinal, como já lhe foi dito, a viagem é infinita". Depois seu companheiro adormeceu, o que também fez o Andarilho.

Quando acordou, o dia estava raiando. O fogão já estava aceso e, em cima dele, havia um chá quente de ervas, um pedaço de rapadura e outro de um pão de textura pesada. Porém estava sozinho naquele lugar. Esperou algum tempo pelo Senhor do Caminho, como este não apareceu, chamou-o algumas vezes, sem, contudo, obter resposta. Decidiu, então, fazer o desjejum. Ingeriu uma colher de mel, tomou o chá e comeu um pedaço daquele pão. Após encher o cantil de água, resolveu retornar à jornada, pois algo lhe dizia que a missão do Senhor do Caminho a seu lado já havia sido cumprida.

No silêncio, ouve-se melhor a voz interior, ao mesmo tempo em que se captam com maior intensidade os pensamentos que flutuam numa atmosfera de luz e harmonia, nos quais só a mente liberta dos apegos fugazes da vida e isenta dos medos e temores é capaz de penetrar, para absorver a parcela divina do aprimoramento do ser.

CAPÍTULO IV

A Mestra das Ervas e seus poderes mágicos

Logo no início da caminhada, ainda sentindo a presença do Senhor do Caminho, o Andarilho, envolvendo-se num manto que o protegia do frio da manhã, sentou-se numa pedra para meditar e agradecer.

Na meditação, tomado por uma profunda paz, percebeu que a ausência do Senhor do Caminho não o afligia, muito pelo contrário, dava-lhe a certeza de que estava mais próximo de seu objetivo e de que a missão do velho Senhor havia sido cumprida, dependendo apenas dele, dali por diante, a continuidade da caminhada.

"Quando meditamos, entramos num estado de paz e harmonia. É nesta hora que captamos as mensagens vindas das mais elevadas emanações do Universo. É quando ouvimos o sussurro Divino que nos sopra aos ouvidos da mente os caminhos a serem seguidos com firmeza, segurança e, sobretudo, com amor, sabedoria e equilíbrio. A gratidão é o princípio da provisão, pois é o reconhecimento do merecimento, e, como tal, é fundamental para assegurar o suprimento de nossas necessidades presentes e futuras. Por isso, deve ser manifestada a cada ato, em respeito à individualidade de cada um. O agradecimento sincero do ser por tudo aquilo que recebe, utiliza e usufrui representa o reconhecimento e a reverência ao Supremo Criador por tudo que por Ele foi criado dentro do Universo para suprir as nossas necessidades diárias. A gratidão não pode ser confundida com uma troca, mas expressada como um ato de amor, saltando do âmago do ser em reconhecimento por tudo que lhe é provido ao longo da vida. Por viver dentro do princípio da gratidão, sempre recebi do Universo, a tempo e a hora, tudo aquilo de que precisei. Se algo faltou, nem deu para perceber", refletiu o Caminhante do Universo.

Aquela reflexão fez com que o Andarilho constatasse que, se merecesse, haveria de romper a caminhada e atingir o seu objetivo, visto que a cada um é dado segundo o merecimento. No entanto, sabia que a vigília deveria ser constante, pois a tentação mora ao lado do equilíbrio e da razão.

Uma nova visão

O nevoeiro intenso e a ausência do companheiro fizeram com que o Andarilho continuasse sentado naquela pedra, esperando a neblina dissipar-se para continuar a jornada. Enquanto aguardava, pegou a calimba e dedilhou algumas notas musicais que se fundiram numa melodia harmônica e envolvente.

De repente, o ar ficou impregnado de um suave e penetrante perfume que deixou o Caminhante num estado de graça, como se fosse uma gota d'água que havia escorrido pelas pedras da vida, desviando-se dos obstáculos, para juntar-se ao oceano e nele se diluir e fundir, tamanho era o seu estado de integração. Naquele instante, pela primeira vez, observou sua infância de uma forma que ainda não havia recordado desde que adentrara no caminho.

Sentindo-se uma criança feliz, constatou que sua felicidade era o resultado daqueles momentos provocados pela liberdade e pureza da infância, quando não se preocupava com o amanhã ou mesmo com o instante seguinte, pois o mundo resumia-se no momento e ele procurava construir os seus caminhos com a maior liberdade possível.

Compreendera, cedo, a importância ímpar dos momentos e que todos deveriam ser vividos na sua intensidade, de forma que, ao passar pelos caminhos da vida, tivesse a certeza de estar vivendo cada um na sua plenitude, afinal, o ser humano precisa, na verdade, de muito pouco para ser feliz, e, neste pouco, está um coração puro como o de uma criança.

Depois das alegres lembranças da infância, passou a contemplar a paisagem coberta pelo nevoeiro, que só permitia enxergar a silhueta do lugar e, ao fundo, no horizonte, a força da luz solar que o rompia de baixo para cima com um forte clarão, transformando a névoa em uma pérola gigante.

A recordação de sua infância mostrou-lhe que todo conceito sobre pessoas e atos deve ser mutável, como mutável é a vida, pois, só assim, poderemos enxergar o outro lado do túnel com o passar do tempo e a mostra imparcial da realidade.

O Andarilho questionou quantas vidas seriam necessárias para o homem descobrir que é uma gota de orvalho na imensidão da Grande Floresta Universal. Sem se aprofundar na busca de sua verdadeira identidade, mergulhando no poço existencial, muitas vezes, o homem deforma sua personalidade, de modo que nasce e morre sem conhecer a si mesmo.

Nas andanças por trilhos e atalhos, ora ralando o corpo, ora dando cabeçadas, o Andarilho descobriu que, quanto mais o homem aproxima-se da Luz, maior responsabilidade adquire quanto à sua manifestação dentro do Universo. Daí o despertar da consciência de que só o Criador tem o direito e o poder de julgar as ações de todos os seres, através da lei que rege o Universo. A lei que determina que, de acordo com o plantio, seja colhido o fruto, dando a todos a liberdade da escolha e a responsabilidade na prática de seus atos, de forma que cada um seja o próprio juiz, promotor e réu na condução de sua existência: o fiel da balança, cujo julgamento está ligado a cada ação executada direta ou indiretamente.

Ele havia percorrido longo trecho e as recordações, naquele instante, já não eram impregnadas de tantas dores como no início da jornada, quando precisou encarar os seus fantasmas para prosseguir viagem.

De repente, no meio do nevoeiro, ouviu uma voz que, apesar de vinda de longe, era clara: "As primeiras passagens são aparentemente duras, mas, sem elas, como você teria chegado até aqui? Você precisava compreender a importância de transformar as dores em amadurecimento, e este em sabedoria e luz. E foi preciso, para isso, assimilar, ao longo do caminho, a compreensão, o perdão, a gratidão e o amor".

Essas primeiras palavras lembraram-lhe a voz daquela velha senhora com quem se deparara outras vezes, antes mesmo de iniciar a empreitada.

E aquela voz continuou: "Quando você compreender que cada ser é o único responsável por suas palavras, atos e ações, que aqueles que ferem são as verdadeiras e únicas vítimas, já que plantam nos jardins da vida uma semente cujo fruto, um dia, terão que colher, sem saber a hora, as circunstâncias e o local da colheita, tendo cada ser, por isso, responsabilidade pelas sementes que ele próprio planta, e que as ações, no decorrer da vida, devem ser pautadas pelos princípios da verdade, da justiça, do respeito, da sinceridade, do perdão, da gratidão e do amor, descobrirá, então, que a lapidação do ser atua como um bálsamo que transforma as feridas em dádivas e estas em bênçãos. A verdade, e só ela, é o espelho da liberdade! A verdade é o fato, é o ato, é o momento, é a constituição da realidade; e, mesmo sendo dura, desprezível ou dolorosa, a verdade libera e liberta o que apodrece na mente. A justiça é o reconhecimento do que é direito, e o que é direito deve perdurar, a fim de que a justiça faça-se presente em respeito ao equilíbrio das Leis Divinas que regem o Universo. A sinceridade é a manifestação da verdade por questão de justiça, representa a não permissão de instalarem-se na mente atitudes ardilosas e nocivas ao nosso crescimento como seres divinos. O perdão é capaz de amolecer o coração, refrigerar a mente, produzir alívio às dores e curar aqueles que guardam ódio ou rancores. Perdoar é, antes de tudo, um ato de benefício a si próprio e, a seguir, a quem se deu o perdão. Quem guarda rancores, tortura-se, frustra-se, esvai-se em desequilíbrio, adoece, entristece-se, martiriza-se, morre, apodrece. O primeiro efeito do perdão é o renascimento do próprio praticante. Quem pode, entre todos os mortais, atestar que jamais cometeu um erro ou um deslize? Quem nunca precisou do perdão alheio? O mais importante efeito do perdão é sentido pela mente do autor do mesmo, visto que, quando perdoa, acalma-se, serena-se e, assim, harmoniza-se consigo mesmo e com o Universo. Quando compreendemos e perdoamos, passamos a observar que cada ação dentro do Universo tem sua própria razão de ser e de existir, e, assim sendo, expressamos nossa gratidão por todas indistintamente. Quando agimos dentro do princípio da gratidão, não percebemos quando perdemos algo ou mesmo quando deixamos de ganhar, pois a gratidão deve ser expressada em todas as situações e não apenas naquelas que nos convenham. É preciso que tenhamos certeza do merecimento e que entreguemos nas mãos do Sumo Senhor do Universo os atos que independam de nós e aqueles que, mesmo quando empreendemos todos os esforços, não se realizam dentro do desejado, pois Ele sabe o que é melhor para nós e o que, por direito, merecemos. Saber ter gratidão pelos momentos que parecem difíceis ou turbulentos é reconhecer que se está dando um importante passo na escala ascensional do ser".

Após essas palavras, a voz calou-se, mas continuou ecoando em seus ouvidos. O Andarilho ficou ali, parado, pois já não se preocupava tanto em continuar a caminhada.

Tomou um gole de água que, para sua surpresa, tinha o gosto do perfume que impregnava o ar e ficou observando o crescimento da pérola em que se transformara o nevoeiro, enquanto digeria as palavras que ouvira. Recordou-se, então, de que, nas vezes em que maldisse quando lhe ocorreu algo que não desejava, posteriormente, deu graças pelo acontecido, concluindo que, quando retiramos a parte estragada das frutas, descobrimos que, geralmente, o seu outro lado é doce como um favo de mel e, assim sendo, tem um sabor especial: o do amadurecimento.

Durante algum tempo, permaneceu em silêncio absoluto. Naquele instante, descobriu o quanto o silêncio reflete a voz da consciência, constatando, assim, que o silêncio tanto pode ser um estado de profunda paz, quanto, se forçado, ter o efeito de um grito reprimido, de ter a língua costurada à boca. Angustiante! No silêncio, ouvimos melhor a voz interior, ao mesmo tempo em que melhor captamos os pensamentos que flutuam numa atmosfera de luz e harmonia, na qual só a mente liberta dos apegos fugazes da vida e isenta dos medos e temores é capaz de penetrar, para ali absorver a parcela divina do aprimoramento do ser. O silêncio, o parar de pensar, ou mesmo o ato de desligar-se, acalmam a mente, e só uma mente serena é capaz de receber as emanações que circundam as atmosferas mais elevadas em modulações cuja freqüência promove as boas e claras idéias, a razão e o equilíbrio. O medo e a dúvida provocam a insegurança e esta, por sua vez, torna o ser frágil e exposto às intempéries. Muitas vidas são salvas, não por uma força milagrosa, mas porque, diante da ação, o praticante deixa de lado o medo e enfrenta a situação com coragem, determinação e persistência.

O Andarilho, então, lembrou-se de uma história que ouvira contar sobre um naufrágio que teve entre seus sobreviventes um que não sabia nadar, sendo que muitos dos que sabiam morreram. Quando perguntado sobre como se salvara, o náufrago disse: "Ao sentir que ia morrer, perdi o medo de afogar-me e, naquela hora, observei que, na água, um simples movimento de braços e pernas deixava-me com a cabeça de fora. Desta forma, enquanto os outros sobreviventes nadavam, eu me mantinha vivo próximo ao local do naufrágio, fazendo poucos movimentos para ter menos desgaste. Quando o socorro veio, fui resgatado com vários outros". O sobrevivente conseguiu manter-se na água por mais de três horas sem se afogar, apesar de não saber nadar, porque tinha duas escolhas: entregar-se ao medo e ao pavor e morrer ou encarar a realidade e tentar sobreviver, com persistência e determinação, tendo optado pela segunda alternativa.

A lembrança de tal história fez com que o Andarilho entendesse que o medo só existe enquanto não é enfrentado, pois o medo é o inimigo da razão, fruto da incerteza e da preconcepção de coisas e fatos. No entanto, não ter medo não quer dizer pular de um avião sem pára-quedas ou colocar a mão nua na boca de uma jararaca, isso é ser imprudente ou irresponsável. Pelo contrário, não ter medo, muitas vezes, significa ter a lucidez de retirar-se de um local de risco para evitar o conflito, pois evitar uma situação perigosa não quer dizer ter medo, mas, sim, ser precavido, respeitando o estado de ser e de estar de cada coisa. Não ter medo é encarar a vida como ela se apresenta, pois de nada adianta trancar-se numa redoma para, supostamente, não ser abatido, pois a hora da redoma pode ter chegado e aquele que nela está trancado pode com ela se findar, ou, com o passar do tempo, criar bolor, dificultando o descobrimento do verdadeiro sentido de ser e estar realmente livre, isento do medo. A vida é como é e não como é criada na imaginação de muitos, pois nenhuma tarefa é maior que o seu condutor. Ninguém dá acima do que tem nem faz mais do que sabe. O temor é um mal que só pode ser vencido pelo próprio portador. Combatendo-o. O medo manifesta-se em todos os seres, indistintamente. Porém, naquele que não se permite enfrentá-lo, o medo atua de forma mais incisiva, porque sua onda mental está sintonizada em uma freqüência distorcida. As emoções são frutos dos momentos e manifestam alegria e tristeza, amor e ódio, medo e coragem, formando, assim, a metamorfose da vida. Se uma mente conhece os benefícios da confiança, seu portador deve conduzir seus pensamentos para tal direção, pois, assim fazendo, estará a caminho do equilíbrio, conseguindo ultrapassar as barreiras fortalecido pela razão, como meio de atravessar as tempestades com passos firmes e segurança. Mas, se uma mente emaranha-se nas teias do medo, pode acabar enredando-se em emoções ainda mais devastadoras, como o pavor e o pânico, ou seja, um descontrole mental que, muitas vezes, pode levar o autor de tais ações à destruição de outras vidas, além da sua própria. Uma mente envolta pela névoa do medo, do pavor, torna-se cega e, como tal, deixa de enxergar a realidade para viver os monstros de seus temores, podendo o seu sentido de autodefesa exacerbado deflagrar a destruição do meio em que se encontra. O medo, causador do pânico e do pavor, é normalmente gerado por situações recalcadas nas entranhas do portador, por falta de neutralização da ação ou de determinação para o enfrentamento por parte do manifestante naquele momento ou posteriormente. O medo é um estado de consciência e, como tal, pode ser mudado. Para isso, é necessário saber qual a sua origem. A melhor forma de analisá-lo é, na maioria das vezes, observar, de longe e fora do conflito, o estado do medo, para descobrir como é possível vencê-lo. Portanto, é preciso acreditar que o ser humano tudo pode quando crê que tem uma capacidade ilimitada e que é uma força capaz de ir à lua, construir as pirâmides do Egito, a muralha da China, ser e criar o que quer e deseja. Até o medo.

Enfrentar a vida é sinal de força e luz

Depois de refletir tudo isso no mergulho no silêncio, o Andarilho caiu num sono profundo, só despertando quando o sol já estava a pino. Guardou a calimba, que se encontrava a seu lado, espichou o corpo, juntou seus pertences e retomou a caminhada do ponto em que, no dia anterior, havia parado com o Senhor do Caminho, pois o nevoeiro já se dissipara.

Caminhou durante um longo percurso desligado de seus pensamentos. Certa hora, percebeu que o perfume que havia sentido mais cedo acompanhava-o. Parecia estar impregnado em seu ser. Aquela sensação tornava o caminho menos áspero do que na realidade era, com suas trilhas estreitas e pedras soltas. Sentiu prazer em estar ali. Era como se caminhasse em um jardim suspenso, pisando em nuvens de espuma e envolto por uma redoma de cristal, cujo brilho intenso tomava-lhe todo o ser.

Era preciso consolidar as pegadas do caminho para que caminhasse com segurança através dos estreitos trilhos e atalhos daquele magnífico lugar. E o dispersar do medo foi indispensável para que a visão só mostrasse aquilo que fosse real, de forma que interferências externas não pudessem atuar em sua concentração em cada passo rumo ao alto da Montanha Sagrada. Foi preciso vencer o medo do escuro, da morte, da traição, da calúnia, das perseguições e das alturas, apresentados ao longo do caminho, para que se encontrasse preparado, a todo instante, para vencer as tempestades que pudessem surgir, pois só romperia as barreiras se deixasse pulsar dentro de seu ser, de forma lúcida e consciente, a razão como bússola orientadora a nortear cada trecho da caminhada, de forma que, quando atingisse o ponto traçado, todos os momentos tivessem sido absorvidos em sua plenitude e de cada um tivesse subtraído aquilo que lhe trouxesse melhor proveito.

Caminhando num sucessivo sobe e desce de montanhas, tinha a sensação de que era observado, porém, ao seu redor, havia apenas os caminhos rochosos, adornados por pequenos arbustos de textura consistente, própria das plantas daquelas paragens.

Sabia que só estava sendo possível caminhar sozinho naquele lugar porque havia digerido os instantes que atrelaram seu desenvolvimento às dores e ressentimentos do passado. Foi preciso consolidar o perdão e a gratidão para que sua mente pudesse, fora de conflito, estar aberta às emanações vindas do Universo, que funcionam como uma centelha luminosa que orienta o navegante da vida. Esses fatores, aliados à meditação diária, eram o passaporte que garantiria a travessia por aqueles caminhos com o equilíbrio necessário.

Enquanto remoía seus pensamentos, surgiu, às margens da trilha, uma senhora que se assemelhava àquela que, em seu primeiro ano de idade, benzera-o, salvando-lhe a vida. Era ela a Mestra das Ervas, nome indicado pelo Senhor do Caminho ao referir-se à velha senhora. Logo que o avistou, ela disse: "Creio que você tenha aprendido que o importante não é ver para crer, mas praticar para ser... Se você acredita que o Criador está em tudo e em todos, não deve ficar surpreso por me ver, já que, há muito, vem sentindo o perfume que de mim emana. É preciso que a mente esteja limpa como uma taça de cristal para ser preenchida com o néctar da verdadeira vida".

Essas palavras aqueceram o interior do Andarilho como chamas ardentes, visto que, desde que adentrara no caminho, vinha queimando no fogo da consciência tudo que pertencia ao velho ser, e, na medida em que a senhora falava, ele absorvia cada palavra e, assim, ficava melhor preparado.

A velha senhora, com uma voz mansa e meiga, continuou sua narrativa: "A dúvida é a falta da visão da imagem verdadeira de si e do Universo. O amor encontra-se no ato e não no feito, pois nem sempre o feito é um ato de amor. De que adianta erguer uma casa pelo simples ato de erguê-la?... De que adianta plantar por plantar, sem doar amor no ato de regar, capinar ou transplantar?... Que recompensa pode ter um ato praticado por interesse, senão a frustração?... Que obra torna-se grande, se não for empregado amor em sua construção?... O importante não é o tamanho da obra, mas o amor com que é feita. Assim sendo, toda obra, por menor que seja, será sempre uma grande obra diante dos olhos do Criador, desde que praticada e realizada com e por amor".

Sua companheira esboçou um sorriso e continuou: "Dar, na verdade, significa multiplicar dentro das leis que regem o Universo".

O Caminhante viu no semblante daquela senhora que ela ratificava que foi por assim agir ao longo da jornada, sentindo o prazer de servir e de ser útil, que ele vinha conseguindo superar as agruras do caminho, encontrando, nos momentos mais difíceis, forças para prosseguir, quando estas já pareciam ter sido extintas.

A Mestra das Ervas pediu-lhe um pouco de água, tomou e, em seguida, começou a mascar umas folhas miúdas, oferecendo-lhe um pequeno galho da folhagem, que, de pronto, o Andarilho aceitou. Colocou três folhas na boca e começou a mascar, enquanto sua companheira dizia: "É poejo, você se utilizou desta erva no seu primeiro ano de vida, só que colhida na parte baixa da montanha. A atitude determina a cura, e esta depende do grau da fé. Mas não é apenas a fé que enobrece o homem, mas suas atitudes, sua mente limpa e, acima de tudo, o saber perdoar e amar o próximo e, desta forma, a si mesmo. Veja que muitos são os que freqüentam os templos diariamente, pedindo ao Criador que lhes aumente os bens, cure seus animais, multiplique suas colheitas e vigie suas casas, mas, ao deixarem os recintos sagrados, agem como se neles nunca tivessem entrado, nunca tivessem ouvido nenhuma das palavras lá proferidas. Roubam o bem alheio, trapaceiam para obter maior lucro, envenenam o animal do vizinho, cobiçam o que não lhes pertence, desrespeitam a propriedade alheia, mentem, matam, caluniam, enganam, devastam o meio ambiente, poluindo, desmatando, envenenando o solo, os rios, o ar e os mares e, mesmo assim, compareçem à igreja para pedir ao Criador clemência, proteção, saúde e prosperidade, exaltando o Seu nome. Muitas vezes, quando o homem desrespeita a sua vida e a do seu próximo e também as Leis do Criador, usa a religião na tentativa de amenizar suas dívidas e adquirir o perdão de seus malfeitos, ignorando que Deus dá o cobertor de acordo com o frio e o fruto de acordo com a fome, sendo preciso, portanto, preparar-se para o frio e para a colheita. Oração sem ação é como barco sem casco, como semente sem terra. Uma coisa eu sei: o dinheiro não pode ser classificado como a desgraça da humanidade, pois é uma forma de recompensar o homem pelo seu trabalho, mas a ganância é a fonte da discórdia, da fome, da miséria, das guerras e das insatisfações".

Ao ouvir aquelas palavras, o Andarilho mudou o seu conceito sobre o dinheiro, reconhecendo que o ter através do trabalho e da produção, de forma honesta e justa, enobrece o homem e assegura o conforto seu e de sua família. Concluindo, então, que o que deflagra as desigualdades é a ganância e o egoísmo, visto que seus portadores, por serem insaciáveis na busca de obter cada vez mais, não se importam que isso lhes tolha a mente, deturpe a vida e emaranhe-os nas teias da eterna busca do ter em detrimento do ser, tornando-os escravos dos valores efêmeros e distantes da verdadeira felicidade.

A Mestra das Ervas, com sua elevada evolução que transcendia seu ser, entre um ensinamento e outro, fazia uma pausa de acordo com o tempo de análise do Caminhante, para depois prosseguir com a mesma doçura. Desta forma, continuou: "Não existem regras para a vida, meu filho. E, se estas existissem, deveriam ser refeitas a cada instante, de acordo com os fatos e com as circunstâncias, de forma que elas preenchessem as nossas necessidades de bem-estar, alegria, saúde, paz, amor, felicidade, prosperidade e, acima de tudo, harmonia. Para se estar bem, alegre, saudável e feliz é necessário praticar os ensinamentos sagrados, cujo conteúdo, forjado no amor e na compreensão, no respeito e na sinceridade, no perdão e na gratidão, no dar e no doar-se, resulta em uma vida de elevação espiritual que aproxima o homem do Criador. Aquele que busca, deve lembrar que são as práticas que classificam o merecimento e proporcionam o gozo sólido daquilo que Deus reservou para quem faz por merecer".

O sonho tem que se tornar realidade

"Será egoísmo querer o melhor para mim e para os meus?", questionou-se o Andarilho, que teve seu pensamento interrompido pela senhora, que exclamou: "Não podemos alcançar os céus se não nos permitimos sonhar! Transformar os sonhos em realidade é o primeiro degrau para aquele que almeja a Luz".

A senhora deixou patenteado que o homem deve buscar o melhor para si e para os seus, mas, também, paralelamente, tem a obrigação de respeitar as leis que regem o Universo, para não o danificar durante o trajeto de sua busca. Um sonho só se torna realidade quando é justo e sincero, arraigado no amor e no desprendimento, visto que, assim, não agride nem deturpa as correntes do Universo; o oposto, porém, representa um pesadelo constante, pois sempre será acompanhado de lembranças de remorso e tristeza, conscientes ou não, gravadas na mente, onde atuam como tormento e insegurança, sendo este o preço pago pelas conquistas injustas.

Sua companheira, retirando de seu embornal uma mistura de ervas e uma pequena vasilha, pediu-lhe que procurasse alguns gravetos e trouxesse um pouco de água. Quando o Andarilho retornou, ela havia feito uma espécie de fogão com algumas pedras, no qual colocou a lenha. Na pequena vasilha que trazia consigo, aqueceu a água e acrescentou as ervas. Enquanto a mistura cozinhava, a Mestra das Ervas permanecia calada e, de vez em quando, entoava uns sons parecidos com mantras.

Quando ficou pronta a sopa de ervas aromáticas e silvestres, a velha senhora encheu duas cuias com aquele alimento, entregando-lhe uma. O Andarilho, então, retirou de seu embornal o pedaço de pão deixado para ele pelo Senhor do Caminho, repartiu-o com sua anfitriã e cearam, calados, aquela mistura um tanto exótica, mas nutritiva.

Após o Caminhante agradecer silenciosamente, em posição de oração, o alimento recebido, a Mestra das Ervas voltou a falar: "Devemos vigiar nossos pensamentos e sempre nos lembrar de que o mal está no momento e não na pessoa, pois ninguém nasce mal. O mal não dura para sempre".

Suas palavras soavam como uma advertência com relação à preconcepção de fatos, coisas e pessoas, ao julgamento dos atos alheios e à permissão de interferências energéticas de baixa vibração ante os momentos e ações, lembrando que vigiar é a ação chave do despertar da consciência e da manifestação do ser sublime e perfeito criado pelo Sumo Arquiteto do Universo e que errar faz parte do aprendizado, mas persistir no erro é uma comprovação de que permanecemos na ignorância.

O Caminhante do Universo sentiu-se fortalecido com aquelas palavras, pois estava conseguindo, apesar de todas as dores e sofrimentos, refrigerar o seu ser com o despertar do aprendizado, deixando de lado as mágoas e ressentimentos, aprendendo em cada estágio, descobrindo em cada um deles uma nova fonte de luz e abandonando a ignorância, para poder estar ali, onde muitos desejam estar e onde só os que, ao longo do caminho, dissolvem os dissabores são capazes de chegar.

A Mestra das Ervas pôs-se, então, a andar, enquanto ele permaneceu parado por alguns instantes, envolvido em seus pensamentos. Quando se deu conta, sua companheira já estava cerca de oitenta metros à frente, mas, mesmo assim, como se ela estivesse caminhando ali, ao seu lado, ouviu, em alto e bom tom, quando a anciã disse: "Não importa onde esteja ou o que faça, se estiver sendo útil, estará sendo digno da vida que em você existe!".

Estando tão distante, o Caminhante descobriu que o que ouvia eram os pensamentos daquela senhora, e pressentiu que sua ligação com ela estava além daquele tempo, muito antes do cordão umbilical.

Refletindo sobre a mensagem recebida, visualizou, em sua mente, uma cena na qual um jovem retirava uma pedra do meio da estrada e, momentos depois, naquele mesmo local, um carro e uma motocicleta cruzavam-se, sendo que o único lugar que o motociclista tinha para passar era justamente aquele de onde a pedra havia sido retirada. O Andarilho, entendeu, então, que o ato de amor praticado pelo jovem havia evitado um acidente, no qual, certamente, o motociclista seria atingido, e percebeu o valor daquela pequena grande ação.

Ante aquela visão, o Andarilho constatou que uma simples ação, praticada de livre e espontânea vontade, pelo simples ato de servir, é capaz de proporcionar grandes benefícios. Se, até aquele momento, ele havia procurado ser útil, produtivo e servidor, a partir de então, tornar-se-ia mais atento, pois havia despertado para o fato de que muitas vidas podem ser salvas pela prática de pequenas ações, como a retirada da pedra por aquele jovem, que, com sua ação, plantou uma importante semente dentro do Universo, da qual, um dia, colherá os frutos, recebendo do Sumo Senhor a proteção necessária.

O Andarilho pôs-se a andar e, ao aproximar-se da Mestra das Ervas, esta lhe disse: "Toda ação executada por obrigação não é verdadeira. Só merecemos crédito por aquilo que fazemos com amor. Só colhemos bons frutos quando plantamos boas sementes, aramos a terra, adubamos, capinamos e zelamos pelo simples prazer de ver a árvore crescer. É assim que os frutos virão em abundância e de boa qualidade. Entretanto, não basta que plantemos uma, dez ou mil sementes boas e com amor, pois uma árvore doente pode contaminar as demais do pomar".

Ele suspirou fundo ao ouvir tais palavras da Mestra, que, no seu entender, significavam: "Vigiai, vigiai, vigiai... Não basta servir quando e onde quiser! É necessário servir sempre, pois essa é a razão do viver de cada um ante o Criador". E teve, naquele instante, uma visão das vezes em que contrariou as Leis do Universo, permitindo que seu ser oscilasse na linha do equilíbrio.

Sem que o Andarilho percebesse, a Mestra das Ervas ouvia atentamente as suas cogitações, e interferiu nas mesmas dizendo: "A crítica sem solução é como um poço sem água: existe, porém sem a capacidade de matar a sede de quem quer que seja. Só aprendemos quando avaliamos nossa ação dentro do Universo, pois é desta forma que conseguimos absorver a vida como ela é, que transformamos o erro em solução, que fazemos a nossa parte e, assim, crescemos, pois errar faz parte da vida, do aprimoramento e do aprender".

Aquelas palavras acalmaram o Caminhante, que, em épocas anteriores, chegou a pensar que já havia sido condenado pelas Leis Divinas, que não era mais digno de adentrar no caminho e que, para ele, já não havia mais saída. A velha senhora, no entanto, abria-lhe os portais do paraíso celeste ao afirmar que não existe erro grande o bastante para impedir a salvação do ser. Tudo depende da avaliação imparcial, honesta e justa, do arrependimento do erro e da exaltação ao Criador, caminho pelo qual se torna possível a recomposição de cada filamento de luz na reintegração a Deus.

A paz é um estado de consciência

O Andarilho estava próximo do seu objetivo. A cada passo, uma paz sem precedentes tomava conta de todo o seu ser. Sua mente estava leve e vazia, e, ao mesmo tempo, aberta, como se ele fosse um pássaro com todo o céu para voar ou um peixe com os oceanos para nadar, tal o sentimento de liberdade que se apossou dele.

Olhou para a Mestra das Ervas e ela lhe disse: "A paz não é um estado de momento, mas o despertar da consciência. Vigiai, vigiai, vigiai. Se quiser permanecer tomado por essa sensação que ora vive, a qual vivifica o homem e enobrece o ser, é necessário uma vigília constante. No momento em que a consciência despertar por si só, completamente, ela manifestará, em cada ação, as boas e frutíferas sementes da paz e da harmonia que vêm sendo conseguidas através do arrependimento, do perdão e da gratidão".

A tarde caía, anunciando a noite, mas sua companheira continuava andando, como se não se importasse com isso. Ele, logo atrás, seguia-lhe os passos.

A Mestra continuava seus ensinamentos, dando um contorno todo especial ao caminho e despejando estrelas cadentes de sabedoria sobre o céu do Andarilho, anunciando com simplicidade: "Somente quem reconhece a força do Criador nas pequenas obras, poderá enxergar as grandes quando for chegada a hora".

O Andarilho percebeu que, desde o seu encontro com a Mestra das Ervas, havia acelerado o processo de consolidação da Verdadeira Consciência, pois, a cada passo, tornava-se mais forte e sua sensibilidade aumentava, assim como aumentavam a sua intuição, percepção, determinação e coragem.

Parando, a velha senhora disse: "É hora de descansarmos, pois, por mais que alguém caminhe, não consegue caminhar de uma só vez todo o caminho que tem para ser caminhado. Quando você vestiu essa 'roupa' chamada corpo, foi para zelar por ela e respeitá-la. E ela necessita de repouso para manter-se em equilíbrio. Existe hora para o dia e hora para a noite, e cada qual, à sua maneira, contribui para a existência do todo. Sem a noite, só existiria o dia, e, sem este, somente a noite. É por existirem os opostos que podemos enxergar as estrelas que, durante o dia, são invisíveis aos nossos olhos. Assim como as estrelas existem e são ofuscadas pela luz do dia, à noite, os caminhos, apesar de serem os mesmos, somem agasalhados pelo manto das sombras da terra. É à noite que fala melhor a voz da consciência, onde os temores são despertados nas mentes em confusão e fazem ressurgir o medo da morte, do escuro, da solidão... Mas é também à noite que os caminhos são iluminados pela mente desperta, que conduz o viajar com segurança, como se dia fosse, proporcionando paz e harmonia".

Após essas palavras, a Mestra das Ervas reiniciou a caminhada com passos firmes e seguros, como se dia fosse. Naquela noite, o céu estava limpo, as estrelas cintilantes e o clima não era tão frio como na anterior.

Andaram em silêncio absoluto durante mais de uma hora. A cada passo, o Andarilho continuava agradecendo por tudo que vinha recebendo.

O silêncio foi quebrado pela Mestra, que disse: "Pense bem, meu caro, imagine o que faria se eu fosse a morte que sorrateiramente tivesse se aproximado de você para conduzi-lo por estes caminhos escuros e sinuosos. Estaria preparado para prosseguir comigo?".

Ao pronunciar aquelas palavras, a velha senhora usou um tom de voz que diferia do habitual. Ante àquela pergunta, o Caminhante permaneceu calado durante alguns minutos, após os quais esboçou um sorriso e disse: "Se fosse a morte, é porque eu já teria cumprido o meu tempo. E, quando a missão está cumprida, é hora de retornar à casa do Pai, pois lá 'existem várias moradas' que aguardam de portas abertas o retorno de Seus filhos, e cada uma é um abrigo que completa o caminho percorrido. Mas, mesmo que me levasse, eu continuaria percorrendo estes caminhos onde foram plantados os meus pensamentos e atos no decorrer de minhas andanças. Minha mente está em paz e, se assim estou, nada tenho a temer. É sinal de que estou pronto. Todavia, minha intuição diz que você não é quem me questiona ser, mas quem se mostrou ao longo do caminho, pois artifícios não precisa usar Aquele que tem o dom e o poder de dar o sopro da vida e de estancá-la quando é chegada a hora".

Também sorrindo, sua companheira disse: "Fico feliz por assim pensar. É sinal de que você pode percorrer sozinho esses caminhos, não precisando ater-se a mim. Mesmo que meu corpo entregue-se ao colo da terra, abrigado sob o manto da noite, prossiga, pois cada qual tem seu próprio caminho. O homem, meu filho, nasce morrendo, visto que, desde que é formado, caminha para o envelhecimento e, daí, para aquilo que chama de morte. Na verdade, a morte não existe, pois, se o Universo é único, mesmo que o corpo descanse, estará vivendo de outra forma, em outra dimensão, em nova vida. O importante é que confiemos no Supremo Criador e que seja feita a Sua vontade".

No silêncio de seu coração, o Andarilho refletia que o Senhor do Universo sempre oferece o melhor para Seus filhos. Até ali, Ele o havia guiado e, por certo, conduzi-lo-ia pelos caminhos a serem trilhados, enquanto pela Terra tivesse que andar.

De repente, a velha senhora parou e disse: "Vamos descansar, pois o caminho a seguir é longo". E, recostando-se em uma pedra, adormeceu, coberta por seu longo manto.

Ele passou parte daquela noite de olhos fixados no céu. Seu olhar, perdido nas nebulosas, não percebeu que a Mestra das Ervas havia sumido da mesma forma que aparecera. Recostou-se, então, na pedra em que ela estava antes de desaparecer e notou que a mesma transmitia o calor necessário para aquecer o seu corpo, que envolveu na coberta que trazia na mochila, adormecendo a seguir.

Ensinamentos da Mestra

A noite ainda se fazia presente quando despertou. Tomou uma colher de mel, comeu um pedaço de pão, saboreou uma colher de geléia de pitanga, feita por ele na Chácara Luz da Manhã, e fez a meditação matinal, acompanhada de uma profunda gratidão por ter convivido, ao longo do caminho, com seres tão iluminados como o Guardião do Portal, o Senhor do Caminho e a Mestra das Ervas.

Depois de seu ritual matinal, resolveu prosseguir viagem. Para sua surpresa, após andar cerca de meia hora, ouviu, por trás de si, a voz da Mestra das Ervas perguntar: "Você vai deixar-me por aqui?

Preparei uma sopa de ervas para tomarmos, pois o dia será longo e o corpo precisa absorver um alimento nutritivo, capaz de mantê-lo fortalecido para enfrentar a caminhada".

Sentada em um canto, com a cuia na mão estendida, lá estava ela.

Enquanto comia, o Andarilho lembrou-se de que vinha fazendo poucas refeições, mas, apesar disso, sentia-se fortalecido, sem desgastes, sem cansaço, com uma disposição surpreendente. A princípio, pensou que fosse devido às energias daquele fascinante lugar de paisagens diversas e beleza singular ou ao contato com aqueles seres de resplandecente luminosidade, até que a velha senhora explicou: "O ser humano não depende da quantidade de comida ou de vezes que se alimenta para manter-se vivo e saudável, mas, sim, daquilo que contém os alimentos que come para suprir o consumo diário de energias de seu corpo. As plantas que ora ingerimos contêm as energias necessárias para manter o corpo nutrido e saudável, sem que, para isso, seja necessário comer em demasia, visto que ter gula é violentar o organismo, fazendo-o trabalhar mais, ter maior desgaste para fazer a digestão e, o pior, muitas vezes, sem obter as energias suficientes para o equilíbrio do corpo".

Após cearem, a Mestra das Ervas perguntou-lhe: "Por que você deixou a Chácara Luz da Manhã, aquele recanto de conforto e beleza que tanto almejou construir, para estar aqui, neste lugar sem conforto, caminhando dias seguidos? O que procura? O que veio buscar aqui?".

E o Andarilho respondeu: "As frutas já foram plantadas, os jardins formados, a casa construída, mas, mesmo assim, sentia-me incompleto, pois tudo o que construí, um dia, as traças comerão, o tempo corroerá, à terra voltará! O que busco aqui poderia também encontrar lá, mas, por certo, não teria o privilégio de estar ao seu lado, caminhando e aprendendo aquilo que, com os ganhos materiais, não é possível adquirir. Além do mais, aprendi que as coisas mais importantes são os ensinamentos e os aprendizados da vida. São eles que me asseguram estar aqui ou em qualquer outro lugar. Acredito que, onde quer que esteja, encontrarei abrigo e alimento. Desta forma, cara senhora, garanto-lhe que consigo ser mais feliz, pois deixo de restringir-me a um único lugar, a um único espaço, e faço de todos os lugares e de todos os espaços a minha casa".

"Acho importante que pense assim, pois o desprendimento facilita a compreensão e dá uma maior visão das obras do Criador, mas há aqueles que, envoltos por seus castelos, desconhecem toda a beleza existente no paraíso criado pelo Sumo Senhor do Universo para que todos, indistintamente, dele se deliciem", destacou a Mestra.

Depois daquele breve diálogo, a velha senhora levantou-se e começou a caminhar, sendo seguida pelo Andarilho.

Andaram um longo percurso até que o sol despontou, rompendo a noite para mostrar a beleza do dia. O Caminhante notou que estavam no topo de uma montanha. A Mestra, então, convidou-o: "Vamos sentar para desfrutar da integração com este recanto de beleza, onde a presença do Criador é constante". E ali ficaram a visualizar um certo ponto por ela indicado em uma montanha distante.

O Andarilho, depois de fixar seus olhos no ponto indicado pela Mestra durante alguns minutos, virou-se e indagou-lhe: "O que há lá senão um tom acentuado de verde?". A Mestra das Ervas, sorrindo-lhe, disse: "Está olhando, mas não está enxergando. Seu olhar está procurando o que desconhece e, portanto, não vê aquilo que na realidade existe. É preciso que permita que seus olhos o conduzam até lá. Aí conseguirá enxergar o que lhe mostro".

Novamente, o Caminhante olhou para o ponto indicado e, desta vez, começou a enxergar, naquela floresta, a variedade de plantas típicas da Mata Atlântica adornando belas cachoeiras que escorriam pelas paredes de pedra. Sua visão foi expandindo-se até que, de repente, não eram mais os seus olhos que viam, mas o seu ser que sentia toda a atmosfera daquele lugar.

Quanto mais se entregava àquilo que a Mestra mostrava-lhe, mais envolvido ficava por aquele lugar de seres elementais, fadas e duendes. Sentia estar no paraíso e foi ficando tomado de um profundo sentimento de alegria e amor. Sua sensibilidade aumentava consideravelmente.

Envolto por aquela magia, o Andarilho ouviu da velha senhora: "O amor é tão importante para o homem quanto a liberdade é para a gaivota. Ambos, se reprimidos, morrem! Mais que uma centelha, o amor é o lufar da própria vida. Quem dele está possuído, em tudo vê beleza. Mas aquele que dele está afastado, não consegue conhecer a verdadeira felicidade, visto que só o amor é capaz de fazer-nos ver a perfeição do Universo, pois o brilho dos olhos de quem ama reflete em tudo e em todos a magnificência deste sublime sentimento, princípio e fundamento de todas as coisas. O amor não deve esvair-se como a fumaça com o sopro da intolerância, nem desmoronar com os tremores da controvérsia e dos pontos de vista opostos. Notável como a sabedoria, o amor deve ser cultuado no dia-a-dia. O amor não deve ser confundido com a tolerância. Muitas vezes, aceitar não significa compreender, respeitar... Amar é buscar o equilíbrio das diferenças, é romper a barreira do tempo, cultuando, muitas vezes, em solo rude, a tenra flor de doce perfume e grande fertilidade que completa o ciclo da vida pelo simples fato de existir".

O Caminhante do Universo sentiu-se tomado de uma luminosidade fantástica. Aquela luz transcendia o seu corpo e exteriorizava-se no todo. Assim pôde compreender um pouco mais a respeito do fascinante efeito que causa o amor dentro do Universo e que, por maior e mais difícil que possa parecer a tarefa, se ela for feita com amor, ao final, será recompensada pelo prazer da conquista e da realização. Ele estava sendo recompensado.

O amor pela natureza

A Mestra das Ervas interferiu na viagem do Andarilho dizendo: "Não precisa ficar aí, parado, pois o que você vê não vai sumir, poderá ver quando quiser, de dia ou à noite, basta que sua mente esteja carregada de amor, esse combustível que move e dá sincronismo ao ritmo do Universo, fazendo com que tudo vibre em uma única sintonia".

Levantaram-se e prosseguiram a viagem, contornando a montanha em que estavam. Na descida, a Mestra falou um pouco de seus conhecimentos sobre ervas e a alimentação naquele lugar, alertando: "Se quiser identificar o que pode comer durante a caminhada, escolha os frutos que não dêem leite e não sejam peludos ou amargos, dando preferência aos que tenham marcas de que foram comidos por pássaros e outros animais, assim correrá menos risco de envenenar-se".

O Andarilho, face às colocações da velha senhora, perguntou-lhe se ela tinha conhecimento de taxonomia vegetal. E a Mestra, sorrindo, respondeu: "Para lhe falar a verdade, nem sei o que é isso!". Então, o Caminhante explicou a sua companheira que se tratava do estudo das espécies vegetais.

Ante a explicação, a Mestra disse que não tinha tal conhecimento e argumentou: "Ele me valeria pouco neste lugar, pois o que sei é o que me foi ensinado por Mestres indígenas do passado, os mesmos que, ainda nos dias de hoje, continuam sendo exterminados como animais por aqueles que querem roubar suas terras, não para plantar, colher, comer e sustentar suas famílias, mas por ambição e ganância, como vêm fazendo através dos séculos. Da mesma maneira, muitas plantas que só eram encontradas nessa região, e em nenhuma outra parte do planeta, foram exterminadas com os desmates e as queimadas criminosas. O que o homem parece desconhecer é que a cura de muitas doenças e males que se abatem sobre a raça humana está nas plantas que ele destrói. Mesmo nos dias de hoje, com todos os alertas e avanços tecnológicos, o homem não pára com o extermínio das espécies. Por certo, as gerações desses dois últimos séculos serão duramente criticadas pelas gerações futuras e ficarão marcadas na história da humanidade pela leviandade do extermínio de plantas e animais, pelo envenenamento da terra e da água, pela poluição do ar... Será que não bastam os maremotos, terremotos, tufões, enchentes, a fúria da Mãe Terra, para que o homem enxergue que é muito pequeno diante das forças da natureza? Falar e fazer são dois opostos que, fundidos, transformam-se em realizações através do exemplo, pois só falar é como atirar sementes na pedra, onde dificilmente elas se tornarão árvores. É bom que você seja mais um na luta pela sobrevivência do planeta, que, nessa hora, precisa do esforço de todos para continuar existindo".

Enquanto falavam sobre a destruição da natureza e suas conseqüências, caminhavam por um trilho que os conduziu até uma nascente de água, que o Andarilho só percebeu quando estava bem próximo da mesma, pois, por mais bonitos e atraentes que fossem aqueles caminhos e aquelas montanhas, nada se comparava à sabedoria, à candura, à vida e à luz da velha senhora.

Ao chegarem à nascente, a Mestra das Ervas anunciou: "Aqui começa a tarefa da doação. Você terá que mostrar que merece continuar a caminhada. Posso assegurar-lhe que está mais próximo do que pensa de seu objetivo, no entanto, terá que prosseguir sozinho daqui para frente. Lembre-se de que nunca estamos totalmente sós. O Criador sempre nos acompanha a cada vez que respiramos, a cada batimento cardíaco, a cada passo que damos. Se, de todo, não conseguir atingir o seu objetivo, tenha a consciência de que você já avançou bem, não desanime e, quem sabe, voltaremos a nos encontrar em outros caminhos, em outras terras".

Por um instante, o Caminhante ficou meio atônito com a notícia da Mestra, pois não imaginava que pudessem afastar-se um do outro tão cedo. Mas, de imediato, lembrou-se de que não tinha o direito de interferir em seu caminho, em sua missão. Tinha aprendido que cada um deve caminhar com os seus próprios pés, descobrir o seu caminho, alcançar a sua evolução. Além do mais, quando entrou no caminho, sequer sabia que a Mestra das Ervas, o Guardião do Portal ou o Senhor do Caminho existiam, sabia apenas que tinha uma missão, que algo o conduzia àquele lugar. Portanto, tinha que aceitar a partida de sua companheira, da mesma forma que aceitou a sua aproximação.

A Mestra das Ervas, então, falou: "Muitos são os que querem e poucos são os que conseguem chegar até aqui, pois há caminhos mágicos e outros tortuosos para serem percorridos até esse ponto. Aqueles que aqui chegam, geralmente, atingem o seu objetivo, pois, ao receberem os fluidos dessas águas cristalinas, renascem e nelas se atiram, na certeza de que um dia encontrarão o oceano e que nele navegarão até outros caminhos sagrados, místicos e encantados, deste e dos outros lados do mundo, como esse mesmo, em que ora nos encontramos".

O Caminhante, sentando-se, pôs-se a meditar se estava ou não preparado para beber daquela água, fortalecer-se com a sua energia. Naquela hora, seu ser ficou ainda mais incorporado àquele lugar, pois, quando colocou o merecer acima do querer, conseguiu o passaporte para continuar, uma vez que não era a sua vontade que falava, mas a missão que deveria cumprir.

Antes de beber daquela água, levantou-se e agradeceu à Mestra das Ervas por tê-lo conduzido até aquele lugar. E ela o abraçou e disse: "Que a força Divina o acompanhe, e que você saiba utilizar seus conhecimentos e os ensinamentos adquiridos em benefício da humanidade, que vigie cada ato, palavra e ação, que expresse a sabedoria e a força que adquiriu para amenizar a dor, socorrer os seres, plantar boas sementes e, acima de tudo, que não se esqueça de ter gratidão e amor por tudo e por todos, pois em tudo e em todos está o Sumo Senhor do Universo".

E, logo a seguir, a Mestra partiu, sem que ele percebesse para que direção. Pouco depois, tomou da água e adormeceu.

Quando acordou, já era noite. Não tinha fome, nem sede, nem frio, nem medo, nem nada. Era como se o seu ser tivesse esvaziado enquanto ele dormia. Voltou à beira da água e bebeu mais um gole daquele cristalino e gelado líquido, e percebeu que seus olhos enxergavam tudo como se dia fosse. Resolveu, então, prosseguir a viagem seguindo as águas daquela nascente.

Percorrido um longo trecho, parou em uma laje de pedra e sobre ela se deitou. Ali adormeceu, sendo despertado por um grande estrondo, que parecia ser uma tromba d'água caindo do outro lado da montanha. Logo depois, veio uma forte chuva que acizentou todo o céu, cortado por raios e relâmpagos, muitos dos quais caíam nas proximidades, numa sinfonia orquestrada pela natureza, como um sinal vivo da presença da Força Onipotente, do próprio Sumo Criador do Universo. Mas, mesmo naquele mau tempo, sua visão continuava aguçada, e a tudo via. Fixou seus olhos em um determinado ponto, conseguindo enxergar, a uns vinte metros de distância, uma pedra assentada em cima de outra.

Caminhou até aquele local e, ali se abrigando, acendeu uma pequena lamparina de combustão a óleo que ganhara do Senhor do Caminho, trocou a roupa molhada por outra seca e começou a dedilhar a calimba, de forma que adormeceu pouco depois, ao som daquelas notas, entremeadas pelo som da natureza.

Precisamos confiar mais nas Forças do Universo, acreditar que o Supremo Arquiteto não abandona seus filhos e que só os que estão abertos a Ele são capazes de absorver as Suas mensagens e, desta forma, melhor prosseguir na jornada.

CAPÍTULO V

Avaliações do despertar

Quando despertou, o dia ainda não havia raiado. O tempo estava calmo e o Caminhante apenas ouvia as águas que escorriam em grande quantidade montanha abaixo numa melodia envolvente. Estava sendo guiado pela sua intuição, tendo apenas a certeza de que tudo lhe seria dado de acordo com o seu merecimento e de que nenhum caminho é tão vazio que não tenha algo de novo para ensinar-nos.

Depois de cumprir o ritual matinal das orações, da meditação e do mel, recolheu as roupas que havia deixado estendidas sobre a pedra e colocou-as por fora da mochila para secarem enquanto caminhava. Continuou, então, a jornada, percorrendo a margem direita da corrente de água em cuja nascente ele havia bebido, energizando seu corpo num ritual de purificação, em busca da elevação espiritual.

Envolvido pela beleza do lugar, não percebeu o quanto havia caminhado.

Próximo ao raiar do dia, sentou-se à beira d'água e esperou o dia terminar de nascer com cores e brilho que, juntos, formavam imagens de múltiplas formas e fascinantes efeitos, próprios da magia criativa do Sumo Senhor do Universo.

Assistindo ao início daquele lindo dia, o Andarilho avaliou que, muitas vezes, entorpecido por conceitos e barreiras impostos pelo próprio homem, este perde a oportunidade de resplandecer a totalidade do seu ser, que só necessita despertar para tornar-se livre e alçar vôo na amplidão do Universo.

Durante a construção de sua vida, o Andarilho havia aprendido que cada ser é um universo e que o centro das magias protege e orienta o homem através das forças da natureza, repleta de seres que habitam o todo numa simbiose perfeita de seus mundos paralelos e infindáveis mistérios orquestrados pelo Criador.

No meio daquela magia, o Andarilho reafirmava sua convicção de prosseguir a jornada. Lamentou pelos que desistem no meio do trajeto, refletindo: "Desistir é fácil, mas, agindo assim, só conseguimos adiar o problema. De que vale reclamar do que nos é oferecido pela vida ou deixar de adequar o nosso procedimento ao nosso progresso? Isso é um atraso na escala ascensional da vida! Só devemos olhar para trás para ver o quanto percorremos, o quanto produzimos para nossa evolução.

Devemos olhar sempre para frente em busca do brilho maior do sol existencial, pois, se não nos dermos valor, ninguém poderá fazer isso por nós e, se não acreditarmos em nossa força interior, não venceremos os obstáculos. Dar valor a si mesmo é estruturar a vida dentro de nossas posses infinitas e fazer com que as mesmas cresçam a cada passo, de forma que não venhamos a ter que passar pela mesma estrada outras vezes até compreendermos aquele estágio. Se não tivermos gratidão pelo que recebemos, será difícil multiplicar os nossos bens, sejam eles materiais ou espirituais, pois a gratidão é o oxigênio do aprimoramento de nossa morada, de nossos negócios, de nossa vida, de nossa família e do meio em que vivemos. Se não respeitarmos aqueles que nos ajudam também na hora em que eles não o puderem fazer, cometeremos um ato de injustiça, demonstrando que não somos dignos de ter amigos. Se deixarmos enredar-nos nas teias da intolerância, como poderemos obter a paz que tanto almejamos, se esta habita entre o eu e o outro, na comunhão das diferenças? Como podemos achar-nos injustiçados, abandonados e esquecidos, se, nas horas em que mais precisamos de ajuda, achamos uma mão estendida para socorrer-nos? É querer demais e ter gratidão de menos! Se não expressarmos gratidão pelo que recebemos, como poderemos querer receber mais? Se, antes mesmo de conquistar um espaço, arvoramo-nos de donos da situação e menosprezamos os que nos auxiliam, por certo, perderemos o companheiro de empreitada e teremos que prosseguir sozinhos. Se distinguimos as pessoas e a ajuda que recebemos, como podemos obter aquilo que necessitamos? Sem o sentimento de respeito, de gratidão e de reconhecimento, fechamos as portas para a amplitude do sucesso, mostramos ser indignos de receber aquilo que almejamos e que torna as nossas vidas mais elevadas em todos os sentidos. Precisamos pensar bem quando nos depararmos ante os obstáculos da vida, pois, geralmente, eles não são obstáculos, mas uma forma de impulsionar-nos para frente, visto que, se desistirmos logo no primeiro encalço, se desesperarmos no início da luta, se, com a primeira dificuldade, jogarmos a toalha, não conseguiremos conquistar os nossos objetivos. Precisamos ter paciência, persistência, determinação, fé, boa vontade, amor, respeito e estar sempre prontos para perdoar e, acima de tudo, agradecer. Devemos reconhecer os valores e valorizar as conquistas nossas e as alheias, de forma que sejamos como a brisa, cujo frescor atua de dia e de noite e, em ambos, cumpre o seu papel como parte da conjuntura universal. Precisamos confiar mais nas Forças do Universo, acreditar que o Supremo Arquiteto não abandona Seus filhos e que só os que estão abertos a Ele são capazes de absorver as Suas mensagens e, desta forma, melhor prosseguir na jornada". Tudo isso o Caminhante indagava enquanto estava sentado às margens do regato.

Não sabia ele que aqueles questionamentos eram fruto do seu amadurecimento.

O vôo nas asas da liberdade

O Andarilho continuava sua peregrinação mental, uma viagem rumo ao desconhecido em que as paisagens surgiam como fios isolados de uma teia geométrica que, ao final de cada caminho, finalizava o tecer de mais um quadro da vida. Desta forma, recordou-se das vezes em que se viu diante da morte, teve seu corpo preso e foi castigado, torturado e caluniado, e essas lembranças acalmaram-no, pois confirmaram que vale a pena lutar, acreditar, persistir e trabalhar na construção de um futuro melhor, que as portas são abertas na medida em que se chega até elas, que os ventos sopram e são mais vistos onde existem moinhos, que o Universo supre na medida do desejado, que a vida é dividida em pedaços e que estes formam o mosaico que produz a imagem do ser de acordo com a direção estipulada por aquele que percorre o caminho. Acima de tudo, o Andarilho viu que a verdadeira vitória, face aos percalços da vida, foi não perder a sensibilidade, a Chama Divina que existe dentro do ser.

Com o passar das nebulosas e o descortinar de um novo céu, levantou-se e continuou a seguir o correr das águas. Avistou um paredão de cerca de trezentos metros de altura crivado de bromélias, muitas em flor, e, ao longe, uma mata semelhante a que ele havia deixado para trás há dias, quando iniciou a jornada.

Encantado, o Andarilho sentou-se próximo ao paredão e ficou ouvindo a melodia do vento, sendo surpreendido pelo vôo de um pássaro de asas acastanhadas, medindo de ponta a ponta cerca de um metro e meio de comprimento, que planava pouco abaixo de onde ele se encontrava.

Começou a seguir aquele pássaro com os olhos, avaliando o peso da vida para aquele que percorre o caminho, e chegou à conclusão de que um quilo pode pesar um quilo, cem gramas ou cem quilos. Tudo depende de quem e de como se transporta o peso, pois não existe trabalho pesado o suficiente, quando aquele que trabalha o faz com amor. Um alterofilista levanta pesos surpreendentes e, mesmo assim, sente vontade de levantar pesos ainda maiores, porque faz o que faz por amor e com amor. Assim sendo, realiza os seus sonhos erguendo enormes pesos, sem se desgastar como aqueles que erguem pesos menores sob o teto da má vontade, da preguiça, do descaso, da intolerância. Entretanto, quem trabalha, deve ter tempo para descansar, pois o descanso é o combustível do trabalho, além do mais, um corpo e uma mente cansados não produzem como deveriam, e isso gera desgaste e intolerância. Quando estamos cansados, quando nossos nervos estão abalados devido ao desgaste do corpo e da mente, devemos deixar tudo de lado e dedicar algum tempo para o descanso, para a distração e para o relaxamento, a fim de recarregar as energias e acalmar a mente, pois, se a mente estiver serena, produz mais em menos tempo e com menor desgaste, recompensando o tempo destinado ao descanso. Muitas vezes, o trabalho excessivo pode levar-nos à decepção, pois, na hora da colheita, o corpo estará cansado e a mente exausta.

Ainda ali, naquele paredão, o Andarilho observou que, mesmo quando não batia asas, aquele pássaro voava, planava e rompia o espaço com rapidez, vencendo a sua empreitada. Enquanto descansava, o pássaro avançava. Se assim não fosse, não poderia estar naquela altura voando em liberdade, fundindo-se ao espaço.

Para o Caminhante, que se pôs de pé para continuar a jornada, aquela visão era um alerta para a importância de sabermos avançar, parar e recuar em cada estágio de vida e, mesmo assim, continuarmos crescendo e vencendo. Isso o fez enxergar que, quando paramos na hora de avançar, não progredimos, mas, ao contrário, quando avançamos na hora de parar, atiramo-nos no precipício, e assim por diante, pois há hora de plantar e hora de colher o que foi plantado, hora de nascer e hora de morrer, hora do trabalho e hora da família, do descanso, do lazer. O descanso frente à empreitada tem o mesmo valor do trabalho, pois produz o equilíbrio do corpo e da mente e provoca o avanço no tempo e no espaço.

Ele se aproximava do ponto em que deveria atravessar mais um Portal. Pressentia que algo estava por vir, pois seu corpo vinha, a cada passo, ficando mais leve, mais fácil de ser conduzido por entre as pedras e caminhos sinuosos daquele lugar. Naquela altura, andava como se voasse, tal a satisfação de estar ali, beber daquelas águas, conviver com aqueles seres predestinados a conduzir os que buscam a Luz, encontrar-se consigo mesmo e derrubar os resquícios do passado, tirando de cada passagem o que de bom e proveitoso pudesse, a fim de crescer a cada instante de sua caminhada.

No caminho, colheu daquela erva que lhe dera a Mestra. Percorreu um longo trecho digerindo o poejo e os pensamentos, a arquitetura da vida e os caminhos percorridos. Era o primeiro dia em que caminhava sozinho, mas, em momento algum, sentiu solidão, vontade de retornar ou qualquer sentimento que provocasse dúvidas sobre o que desejava ou de que o preço que se dispunha a pagar para conquistar o seu objetivo era mínimo diante das conquistas obtidas.

Descobrira o quão importante é permanecer na trajetória, acreditando, perseverando, confiando, empreendendo, agradecendo, perdoando, avaliando e refazendo tudo, na certeza de que vale a pena integrar-se ao Universo, pois os efeitos e benefícios são laureados de muita Luz, culminando no encontro com o Ser Superior.

"Viver em estado de harmonia absoluta é ter consciência de que tudo podemos no momento de abertura do Sagrado Portal e de que o que recebemos, a cada instante, é por merecimento, seja bom ou mal", pensou o Caminhante.

Certa hora, depois de muito andar, ele parou e notou que, logo abaixo, a água que vinha seguindo desde a tarde do dia anterior encontrava-se com outra, vinda de outra parte da montanha. A partir daquele encontro, juntas continuariam a jornada, para, um dia, fazerem-se rio e, em outro, desembocarem no oceano, fundindo-se em uma única vida.

Sentou-se, então, numa pedra e comeu uma colher de geléia e um pedaço de pão, enquanto acendia fogo para ferver um pouco de água, onde acrescentou uma porção de ervas que lhe foi deixada pela Mestra.

Depois de cear, o Caminhante estendeu-se sobre a pedra e ali adormeceu. Durante o sono, pôde rever alguns passos até aquele estágio.

Quando acordou, lavou o rosto, tomou um gole de água e, logo a seguir, retornou à caminhada, ainda às margens do regato. Não demorou muito para que aquelas águas despencassem em uma grande parede de pedras, sendo que o Caminhante só conseguia ouvir o barulho, mas não via o término da parede. Olhou para os lados e sentiu-se num 'beco sem saída', já que não dispunha de equipamentos próprios para aquele tipo de travessia.

Parou e ficou escutando o barulho das águas caindo, confiante de que haveria de encontrar o caminho objetivado.

A prova da vida

Relaxado e apreciando as belezas daquele mágico lugar, observou que, do seu lado direito, na parede de pedras, havia um estreito trilho que conduzia a uma parte da montanha aparentemente mais acessível à continuação da jornada. Resolveu atravessar aquela passagem, sem prever que, na travessia, enfrentaria uma prova de coragem, força, fé, determinação, equilíbrio e intuição.

Lançou-se ao caminho e, depois de andar passo a passo encostado na parede, trazendo a mochila na mão esquerda por mais de trinta metros, foi surpreendido por um forte nevoeiro que lhe encobriu toda a visão. Assim sendo, por questão de segurança, parou onde estava, esperando o fim do nevoeiro.

Na parede, em uma só posição, ele teve que usar tudo que havia aprendido durante a caminhada, pois qualquer passo em falso poderia lançá-lo naquele precipício, cuja altura ele desconhecia.

Apreensivo, mas, ao mesmo tempo, tranqüilo, apesar da situação desconfortável, o Caminhante trocava a posição dos pés para evitar cãibras e só pensava que, como tudo, o nevoeiro também passaria. Desta forma, o que tinha a fazer era ter paciência e esperar.

O Andarilho fez um círculo mental em torno de si, dizendo: "Este círculo de luz forma uma aura em torno de mim, tornando-se intransponível para qualquer emanação que possa afastar-me do caminho ou atentar contra a minha integridade física e a minha vida". Assim produziu sua proteção pessoal para que resistisse às intempéries e a qualquer resquício do passado.

O que o Andarilho não sabia era que a espera seria longa, pois a tarde estava caindo e a noite assumindo o seu lugar, o que atestava que ele poderia fazer apenas pequenos movimentos, pensados e cuidadosos, mas, mesmo assim, arriscados. Desta forma, retirou a manta que trazia sobre a mochila e, com cuidado, passou-a por trás de seu corpo. Logo depois, passou a dar alguns poucos passos na direção oposta à mochila e a voltar até ela.

O perigo, o desconforto e o convívio com o desconhecido levaram o Caminhante a recordar-se da pergunta da Mestra das Ervas: "E se eu fosse a morte buscando você?". E a pergunta repetia-se, parecendo lembrar-lhe o risco que representava estar ali.

Tentando manter-se consciente e senhor da situação, o Caminhante fixou seu pensamento no curto trajeto de pouco mais de três metros que palmilhava de um lado para o outro, mantendo o corpo em movimento e distraindo a mente, visto que sua condição era desconfortável.

A insistência do questionamento levou o Andarilho a uma resposta, pois sabia que não poderia distrair-se, perdendo a concentração nos passos que estava dando, visto que, naqueles três metros de uma trilha de pouco mais de trinta centímetros de largura, estava a sua vida: "Sei que tudo passa. A vida, o nevoeiro e a noite também são passageiros, cada qual a seu tempo, em um tempo que lhes é próprio, portanto, quando for chegada a hora, que se cumpra o destino, mas, enquanto isso não acontece, dirijo a minha vida. A força que me guiou até aqui, por certo, acompanhar-me-á até que se cumpra a missão, de forma que, sabedor de que quero viver e alcançar meu objetivo, permanecerei aqui, aguardando que se vá o nevoeiro e que o dia apareça, para que eu possa prosseguir viagem".

Suas palavras mostravam determinação, e esta estampava a coragem e a força, ingredientes necessários para que pudesse resistir aos ataques que porventura viessem a ocorrer no desenrolar da travessia. O medo, tão comum em momentos de perigo, não poderia ter vaga naquele espaço, cujo objetivo era resguardar-lhe a vida, pois o medo levaria ao pânico, ao desespero e, conseqüentemente, ao pavor e à criação de coisas e imagens distorcidas.

A situação do Caminhante era delicada. Se não tivesse retirado gradativamente os entraves de sua vida, seria difícil ter adquirido, ao longo do trajeto, o equilíbrio para a travessia daquele estágio. Ali era preciso ter a compreensão de que o poder da mente é desconhecido e infinito e que, para enfrentar aquele obstáculo, deveria manter a mesma em serenidade, pois o medo representa imprudência e desequilíbrio e não poderia ter vaga naquele momento de risco, provocando a dispersão da razão. Mesmo que o medo surgisse, deveria ser controlado em favor da preservação da luz da razão que lhe garantiria a vida.

O Andarilho teve que enfrentar aquele estágio com a firmeza de quem opera um coração ou guia um pincel na tela da vida, onde não é permitido ter dúvidas, receio ou medos, pois ter a mente alerta é o melhor caminho para manter-se como dirigente da vontade e dos sentidos do corpo e do ser em qualquer trajeto.

Durante horas, ali permaneceu, envolvido pelas avaliações do estado de consciência na orientação da tarefa da vida. O tempo passou tão rápido que ele nem percebeu, pois tudo aconteceu em um tempo real quando procurou aperfeiçoar seu controle mental através do despertar de sua consciência. Sabia que a tarefa não seria fácil, nem difícil, mas apenas mais uma tarefa. Sabia, principalmente, que, se não a vencesse, não conseguiria cumprir seu objetivo, sua missão, daí sua determinação em vencê-la.

Ainda naquela parede, o Caminhante viu alguns aspectos de suas andanças, durante as quais a paciência foi imprescindível para transpor os obstáculos.

Uma grande batalha foi travada, não para olvidar o que pelos caminhos plantou e colheu, mas para que fossem transferidos para um plano secundário, onde o despertar da consciência só permite a manifestação de forma racional e produtiva no exercício da plenitude da mente: a razão!

O que desapareceu, ou foi bloqueado, foram as dores que amargavam os momentos da vida e que travavam uma luta constante de confusões, que muitas vezes criavam situações de conflitos.

Coragem e paciência ajudaram na manutenção do equilíbrio. E o equilíbrio foi fundamental para afastar emoções e maus pensamentos, para caminhar sobre as pedras da razão vivendo e reverenciando a realidade, o momento, sempre lembrando que o mesmo é único e, como único, tem que ser absorvido e digerido, não importa se na época do plantio ou da colheita, da bonança ou da tempestade, pois só a razão faz-nos viajar pelas galáxias da vida em uma nave segura, e só ela, a razão, permite-nos passar pelas tempestades das nebulosas guardando apenas o que de bom existe em seu trajeto, como fórmula única de desenvolvimento. Só a razão pode fazer brotar na roseira da vida, entre os espinhos da carne, a rosa mais perfumada, assim como enxugar as lágrimas da dor causada pelos espinhos que ferem a carne cravejada, para, daí, gerar a certeza de que as cicatrizes deixadas pelo tempo são marcas da vitória e da conquista, de mais uma etapa vencida.

"O homem deve ter como principal objetivo descobrir a si próprio, procurar entender de onde e para que veio, e para onde vai", já dissera o Guardião no início da caminhada. O Andarilho guardou suas palavras e elas foram preciosas na travessia daquele perigoso, mas gratificante paredão.

Prosseguindo a viagem

Finalmente o dia surgiu e, logo, o nevoeiro dissipou-se. Com cuidado, o Andarilho começou a caminhar. Ao andar uns oito metros adiante de onde havia parado, achou uma fenda na parede, havendo nela um pequeno salão de aproximadamente dez metros quadrados, onde entrou.

Ao chegar em seu interior, encontrou, sentada à beira de um fogão à lenha, a Mestra das Ervas, que falou ao avistar-lhe: "Esperava-o há mais tempo, mas como vi que você estava próximo e envolvido por tantas avaliações, preferi que descobrisse este abrigo sozinho, pois, se eu tivesse interferido, você teria que enfrentar uma nova tarefa. Seja bem-vindo, encoste seus pertences, sente-se próximo ao fogão e tome esta sopa que fiz enquanto o aguardava".

Ele seguiu rigorosamente as palavras da Mestra. Revê-la foi uma grande satisfação, visto que, além da energia que irradiava, ela acalentava o seu ser, preparando-lhe o alimento e o descanso para o corpo, tão exausto naquele momento.

Após tomar a sopa, o Andarilho deitou-se para descansar daquela noite de provações e comprovações.

Quando acordou, o sol estava a pino. Calculou que deveria ser por volta do meio-dia. Esticou-se, passou água no rosto e foi ao fogão, onde um chá de ervas da montanha esperava-o, quentinho. Tomou um coité daquele nutritivo chá e dirigiu-se à entrada da caverna, constatando que estava a pouco mais de quinze metros do final da trilha.

Ficou impressionado com as belezas que se mostravam do outro lado, para onde ele se deveria dirigir a fim de continuar a jornada.

De repente, deu-se conta de que não havia visto a Mestra das Ervas ao acordar. Chamou por ela e o grito ecoou no paredão, retornando a ele: "Senhora, onde está?".

Como não obteve resposta, o Caminhante terminou de atravessar a parede, deixando para trás mais um Portal.

Ao chegar do outro lado, viu que estava no alto de um platô de cerca de cem metros de extensão, coberto de plantas de pequeno porte. Começando a caminhar, viu uma enorme fenda de onde minava uma nascente que escorria pelo centro da mesma, mas nem sinal da velha senhora.

O Andarilho sabia que não carecia da presença física dela, pois a mesma estava ali em cada palavra que lhe havia dito, em cada ensinamento ministrado, pois os sentimentos nutridos por aqueles com quem convivemos estão dentro, e não fora de nós, de forma singular e permanente.

Embalado pelo vento que corria em cima do platô, ele se sentou à beira da fenda e ficou a contemplar suas entranhas adornadas por espécies vegetais de diferentes formas e cores.

Ali relembrou que o caminho começa pelo descobrimento de quem somos e é determinado por vários fatores que nos podem levar a entender um pouco mais a respeito de nós mesmos, sendo todos fundamentados na magia do próprio Universo, nos enigmas Daquele que nos criou. De posse das informações das tendências de nossa herança natural, podemos analisar quais nos são prejudiciais, para, assim, procurarmos anular a cada uma, a fim de encontrar o caminho da purificação e da Luz. Na observação constante, começamos a podar, um a um, os galhos da árvore da vida, de forma que todos sejam afastados das ações do cotidiano e, em seu lugar, floresçam princípios nobres e elevados, que nos façam crescer e ajudar o semelhante a trilhar na mesma direção, em busca de uma vida melhor, mais humana, equilibrada, justa, honesta e elevada, coroada pelo amor, pela gratidão, pelo perdão e pela Luz Divina, que se mantém acesa em cada um que assim procede. E vigiar é a resposta para os que querem encontrar o caminho. Da vigília, surge a consciência, e, desta, a ação espontânea de amor e compreensão para com todas as pessoas, coisas e fatos. O princípio da harmonia!

Suas reflexões enchiam-no de uma paz que tornava o seu ser o reflexo do próprio sol, tamanha a intensidade da luz emitida pelo brilho de seu olhar, pois, depois de todos os encontros e de derrubar todas as barreiras até aquele estágio, seu ser não mais lhe pertencia, estava fundido àquele lugar e ao todo, pronto para prosseguir e alcançar o topo da Montanha Sagrada.

Enquanto remoía seus pensamentos, o Caminhante constatou: "Muitas vezes, o homem tranca-se, dificultando a penetração da luz da razão e da consciência, e, desta forma, permanece na ignorância e na obscuridade até que seja desperto. Dou graças constantemente por ter-me libertado de inúmeros entraves que provocavam a obscuridade de meu desenvolvimento, e graças maiores por poder ter chegado até este ponto da jornada. O homem não pode, como um cão acuado, ficar pelos cantos, triste, desiludido e em prantos, incapaz de enfrentar a vida como ela é. E a vida só é vida quando na plenitude é vivida, pois quem teme, não vive, e só quem ama, acredita e persiste. Fugir é guardar no peito a dor do momento, que acompanha o homem pelo resto da vida, até que ele enfrente a situação e transponha suas barreiras. É preciso que a lagarta deixe o aconchego do casulo, para poder virar borboleta e alçar vôo. Quem olha para o alto de uma montanha e não é capaz de subir até o topo, não consegue desfrutar as belezas que dela são vistas. Não é preciso ser Discípulo ou Mestre para caminhar sobre a Terra, mas acreditar que o Mestre e o Discípulo estão adormecidos no interior de cada um e que, ao final da jornada, quando o corpo descansar, ambos continuarão rastreando no Universo uma forma de existir e perpetuar as pegadas deixadas pelo caminho. O sonho tem que se tornar realidade pelas mãos do próprio criador, portanto, é preciso prosseguir em sua trajetória".

Ele iniciou a descida pela fenda cautelosamente, pois havia aprendido que a imprudência leva ao erro, e este, muitas vezes, à morte. Enquanto descia, refletia: "A vida nada mais é do que o agora, o saber reverenciar a chuva e o sol, a noite e o dia, com a mesma intensidade e o mesmo amor. A serenidade não se encontra na voz mansa ou no olhar contemplativo, mas no equilíbrio das ações, no esplendor do amor e na harmonia do pensamento com todos e com tudo. Ela é a manifestação da essência do ser, o espelho da verdade da vida, a unicidade com Aquele que tudo vê e em tudo está. De que vale ter a voz mansa e o olhar sereno, se, no íntimo, muitos dos que assim se mostram violam as leis divinas, atingindo e lesando a outros, tão filhos do Criador como eles próprios?".

O Andarilho, após essa meditação, refrescou a cabeça com a água que descia entre a fenda, bebeu um pouco e resolveu continuar a jornada. Pouco mais à frente de onde havia parado, deixou as margens da água e o centro da fenda para adentrar no caminho que o conduziria até o seu objetivo.

Percorreu um estreito trilho que margeava a montanha, afastando-se cada vez mais da fenda.

Cada pensamento, cada análise e cada reflexão eram constantemente revistos, o que o Caminhante não poderia esquecer.

Sorrindo, o Senhor do Caminho levantou-se a poucos metros de distância do Andarilho, que somente avistou o ancião quando já estava próximo dele, que disse: "Está adiantado em seu caminho. Por que não se senta para descansar? Desta forma, poderá prosseguir viagem mais tranqüilo, admirando e avaliando melhor o que encontrar pela frente".

O Andarilho prontamente aceitou o convite daquele companheiro, com quem havia compartilhado longo trecho do caminho. Mesmo após dias naquelas montanhas, ainda não entendia como aqueles seres tão especiais apareciam e desapareciam de sua frente.

"Muitas vezes pressentimos que existe algo mais do que simplesmente aquilo que vemos, ouvimos ou tocamos, mas poucos são os que se dispõem a adentrar no Portal Sagrado, onde o ouro não pode assegurar a entrada e somente as ações credenciam o caminhante a ter acesso àquele sublime lugar que habita dentro de cada um, na condução estrutural da vida, na liberdade de escolha e na tomada da decisão de cada ser", disse o velho senhor.

Na medida em que se aproximava da hora grande, o Caminhante despertava para o fato de que o poder que estava adquirindo vinha sendo forjado na consciência dos passos dados e da direção tomada. Após o término daquela viagem, perceberia o quanto havia crescido, tornando-se mais equilibrado e, conseqüentemente, mais bem sucedido e evoluído em todos os sentidos.

"Quando adquirir o poder, você poderá transpor qualquer barreira, pois sempre contará com a proteção divina a cobri-lo com o manto da justiça pelas boas ações e intenções praticadas", ressaltou seu companheiro de jornada.

O Andarilho sentia latejar dentro de si, como o sangue que bombeava o seu coração, garantindo-lhe a vida, a vontade de servir, de contar o que havia aprendido, tornando-se este seu novo objetivo de vida. Naquele instante, desejava possuir asas como o pássaro que havia observado planar na imensidão do céu, para, em seu vôo, derramar seu quinhão sobre a Terra, fazendo brotar no coração de seus semelhantes a plenitude do êxtase que ali se manifestava, na esperança de multiplicar os ensinamentos colhidos.

Como se observasse sua inquietação interior, o Senhor do Caminho lembrou-lhe: "O homem é muito mais do que pensa, pode muito mais do que imagina, crê muito menos do que deve e representa muito mais do que sabe. Quando você abandonou o sentimento de tristeza pelas pedras encontradas no caminho, delas subtraiu a experiência, os porquês, e compreendeu o significado de sua existência. Quando demonstrou gratidão por tudo e por todos, indistintamente, foi quando realmente despertou para a realidade de que o Criador está em tudo e em todos, e, portanto, todos representam o Criador. Desde então, os seus passos tornaram-se mais seguros e protegidos, sem que soubesse disso, sem que percebesse que, mesmo diante das dores, todos os seus caminhos foram abertos. Aconteça o que acontecer, prevalecerá sempre a certeza de que, quando e onde colher, é porque, ao longo do caminho, plantou, e, portanto, os frutos da colheita serão justos. Assim é a Lei. Assim você aprendeu. Enquanto fizer a sua parte, terá o direito de colher os bons frutos e saciar sua fome, de dia ou de noite, onde quer que esteja".

A seguir, o Senhor do Caminho estendeu-lhe a mão, cumprimentou-o pelo trecho percorrido e desapareceu, deixando o Andarilho a refletir sobre suas palavras.

A força do Senhor do Caminho

Durante algum tempo, o Andarilho relembrou tudo que o Senhor do Caminho ensinara-lhe desde que o conhecera. Enquanto caminhava, percebeu que não saíam de sua cabeça a suavidade e a textura das mãos do velho senhor, que, apesar de ser ele um homem cuja vida foi forjada no campo, na colheita de ervas e pedras nas beiras dos riachos, permaneciam finas e leves. Nas poucas vezes em que teve a oportunidade de tocar aquelas mãos, pôde observar que eram compostas de pura energia. A elas, a matéria só dava a forma e o contorno.

Posteriormente, ficaria sabendo que aquela figura singular assombrava aqueles que viviam nos arredores da Montanha Sagrada, sendo que chegavam a dizer que ele se transformava em animal nas noites de lua cheia. Mera especulação dos que ainda não estavam preparados para subir a Montanha e, muito menos, conviver com o Senhor do Caminho, um ser tão sábio.

Foi um privilégio conhecer aquele homem que dominava os segredos das plantas, animais e minerais, totalmente integrado aos seres da natureza. Foi como conhecer um anjo em forma humana.

Depois de desfrutar o novo encontro com o Senhor do Caminho, o Andarilho continuou sua jornada, sabendo que, a cada passo que dava, ficava mais perto de seu objetivo e, conseqüentemente, adquiria maior responsabilidade ante os ensinamentos recebidos, pois a sabedoria é mais pesada do que a ignorância, visto que esta isenta ou reduz a pena do infrator pela falta de conhecimento, enquanto aquela não permite a transgressão das Leis, pois é acompanhada da certeza de suas penas e reveses.

Ao refletir sobre a sabedoria e a ignorância, o Andarilho constatou que, quando erramos sem saber, o erro é justificável perante os homens e o Criador. Porém, se após adquirirmos informação, cometermos o mesmo erro, este se torna condenável por ambos.

A tarde caía e o céu preenchia-se de múltiplas cores, confirmando a presença do Onipotente, o Senhor dos Senhores, o Arquiteto Supremo, o Orquestrador e Sumo Senhor do Universo, pois só Ele poderia criar tanta beleza para puros e impuros, ricos e pobres, brancos e negros, cristãos e pagãos, enfim, para todos indistintamente, até mesmo para aqueles que Nele não crêem, pois, em Sua bondade infinita, o Criador a ninguém discrimina, visto que a cada um foi entregue a chave da vida que abre o cofre do livre arbítrio, o qual se fecha quando cessa o pulsar do coração, abrindo-se para o julgamento no Tribunal Supremo.

O Andarilho, contemplando aquelas pinturas que se alteravam a cada segundo, adquirindo novas formas e cores, lembrou-se dos tempos de sua infância, quando definia figuras nas nuvens multiformes do céu. Eis que, de repente, viu uma das nuvens adquirir a forma de um anjo, cuja face era de uma criança. Ante tal visão, recordou-se da afirmação do Rei dos Reis, o Escolhido, Jesus Cristo de Nazaré, quando disse 'deixai vir a mim as criancinhas, porque delas é o reino dos Céus'.

Quanto mais descobertas fazia, mais o Andarilho dissolvia as dores ao longo do caminho, e mais forte ficava. Não forte como um leão, um elefante ou um rinoceronte, mas forte como um ser cujo grau de fortaleza é medido pelos princípios, palavras, pensamentos e ações. Um ser que desconhece o medo, cujos olhos, mesmo vendados, enxergam como as águias, cujos ouvidos são capazes de ouvir o murmúrio das ondas do mar, mesmo a milhas de distância, cuja sensibilidade consegue perceber a própria rotação da Terra e cuja vida não mais lhe pertence, já que está dedicada Àquele que a criou e, portanto, em tudo está e em tudo vive. A força daquele que está integrado ao Universo. A verdadeira força que tudo pode e tudo consegue.

Após o pôr-do-sol, o Caminhante juntou alguns gravetos, amontoou umas pedras e acendeu o fogo, onde colocou uma vasilha de água para ferver e preparou uma sopa com o restante das ervas que a Mestra das Ervas havia-lhe dado. Depois de tomar a sopa, resolveu descansar mais cedo, já que havia passado a noite anterior à beira do precipício, aguardando o nevoeiro dissipar-se.

Aproxima-se a grande hora

Durante a noite, seus sonhos ativeram-se a sua caminhada, desde quando deixou a casa de seus amigos e recebeu a lata de broa até o ponto em que estava naquele momento. Reviveu cada pedaço, ouviu cada palavra, recordou cada ensinamento.

Ao acordar, o Andarilho lembrou-se de cada detalhe do sonho. Percebeu que em seus sonhos não estavam mais inseridas as dores das recordações, constatando que nele nascera um novo homem, sem mágoas, sem ressentimentos, sem dores, sem tristeza, sem raiva, sem rancor, sem frustração, sem nada que pudesse macular os ensinamentos recebidos. No entanto, havia algo que não tinha vencido: o próprio caminho.

Depois de analisar seus sonhos, sentou-se para meditar, enquanto o dia nascia.

Agradeceu a cada fato de que se lembrava, principalmente aos que mais o marcaram antes de iniciar a jornada. Enquanto agradecia, reconhecia a importância de cada um e, fazendo-o, percebeu que, naqueles momentos em que mais sofrera, mais ele havia crescido. Deduziu que, quando tropeçamos, não devemos voltar, mas prosseguir, pois o tropeço atira o corpo para frente. Voltar para reclamar, esbravejar, significa retroceder. Assim pensando, fazia com que a gratidão fosse expressada de forma mais fervorosa, consciente e profunda. Agradeceu por tudo: o corpo perfeito, os pais, esposas, filhos, amigos, pelo alimento, pelas posses, pela vida e, principalmente, por poder estar ali naquele instante.

Após a profunda gratidão, passou a compreender melhor o valor que se instalara dentro dele, acompanhando-o a cada passo ao longo de sua existência, assim se firmava em seu interior a certeza de que, em cada ato, em cada coisa e em cada fato está o dedo de Deus, portanto, todos os acontecimentos têm o aval do Criador e são importantes para o aprimoramento do ser.

O Andarilho pediu ao Sumo Senhor do Universo perdão para os que serviram de instrumento de suas dores e dissabores, tentando impor, pela força e pela brutalidade, suas idéias e vontades. Ele havia adquirido, ao longo do caminho, a convicção de que, para cada semente plantada, um fruto terá que ser colhido algum dia, sendo que tal fruto só poderá ser colhido por aquele que o plantou, visto que todos os seres humanos são dotados do livre arbítrio e, portanto, responsáveis pelas sementes que plantam.

Quando terminou suas orações, o sol já despontava, reforçando o clarão do dia e espargindo a energia que move a vida na Terra. Levantando-se, o Andarilho tomou seu mel matinal e, com sua intuição mais aguçada, resolveu retornar ao caminho em busca de uma luz ainda maior, pois descobrira que o grande significado da vida é a integração com a Luz.

Ele sentia que uma força fantástica impulsionava-o para frente e que se aproximava o grande momento, no qual esperava encontrar aquilo que buscava.

Enquanto caminhava, o Andarilho concluiu que, indiferentemente do espaço por ele ocupado, ao final da jornada, quando o coração parasse de bombear, independentemente de sua cultura e de suas posses, seria, como muitos já foram e todos serão um dia, entregue ao descanso no colo da Mãe Terra e reintegrado ao Universo. Porém, dele perdurariam seus pensamentos, idéias e exemplos, pois, sendo o Universo um todo, tudo que nele existe, sempre existirá, aqui ou noutro lugar, visto que nele nada se perde.

Depois de muito caminhar, resolveu parar para refletir um pouco mais sobre a viagem, pois aprendera que meditar é ouvir a voz que emana do Universo para mostrar aquilo que está além da mente, além do homem, além da própria imaginação do homem.

Falando com Deus

Enquanto meditava, o Andarilho ouviu a voz da Montanha que lhe lembrou que, por menor que seja a luz, ela sempre indica a presença do Senhor Supremo do Universo, pois, jamais, em tempo algum, as trevas suplantarão a luz, isso porque uma simples centelha é capaz de romper a escuridão das trevas.

Ao receber aquela mensagem, o Andarilho, no profundo de sua meditação, sentiu que a força e o poder estavam com ele, e despertou para o fato de que o poder, quando bem usado, é o reconhecimento da sabedoria do homem. Diante de tal responsabilidade, pediu ao Grande Senhor do Universo que lhe desse apenas o poder que pudesse transformar em bem para os outros e para si, rogando: "Senhor, Vós que me destes a força para chegar até aqui, que construístes os meus caminhos, colocando, ao longo deles, obstáculos que eu pudesse transpor, que atendestes as minhas preces nos momentos de dor e aflição, que me guiastes através da intuição, que me ensinastes a ter gratidão por tudo e por todos, que permitistes que, mesmo após a morte, eu retornasse à vida, que me mostrastes o caminho do perdão, que me destes o direito de viver e de ter filhos saudáveis e perfeitos, que me destes a certeza de que Vós existis e que me abrigastes nos momentos em que estive só, não me deis, eu Vos rogo, o poder que eu não possa usar para socorrer os que necessitam, saciar os que têm fome, abrigar os que se encontram ao relento, falar pelos que não têm voz, ouvir os que estão sozinhos, agasalhar os que têm frio, acolher os que buscam o conforto da alma, ser a centelha dos que se encontram nas trevas e dar de mim pela satisfação de servir, pois, se não for para o bem de todos os meus semelhantes, prefiro que não me seja dado poder. Sei que o tamanho e a força do que ora estou prestes a receber, apesar de grande e infinito, é menor do que a responsabilidade que devo ter ao recebê-lo. Assim, rogo-Vos que, acima de tudo, Senhor, seja feita a Vossa vontade e que eu seja digno de Vossa confiança, agora e sempre".

Depois de orar fervorosamente, pressentindo o que estava por vir, o Andarilho sentiu a presença do Senhor do Caminho. Permaneceu, no entanto, em estado de profunda introspecção, mas, mesmo assim, ouviu-o dizer: "Agora, meu caro, terá que percorrer outros caminhos, deixando para trás tudo que já foi colhido, para semear e colher em outros campos. Só depois terá de volta toda a colheita. É que, nesta hora, quando tiver peregrinado pelas terras onde andaram aqueles que mantiveram contato com Deus, você terá renascido, será um novo homem, um novo ser. Que Deus o ilumine nesta nova jornada que, não tarda, iniciará!".

Quando abriu os olhos, o Andarilho encontrou, a seu lado, um cajado. Ao segurá-lo, sentiu uma forte energia. Fechando novamente os olhos, a primeira coisa que viu foi um longo caminho, que, intuitivamente, percebeu ser um caminho de peregrinação.

De posse do cajado, ele se postou de pé e sentiu que parecia estar maior. Não era, no entanto, o seu tamanho físico que havia aumentado, mas o seu poder, a sua força e, acima de tudo, a sua responsabilidade.

Não foi preciso andar muito para que o Andarilho encontrasse um enorme penhasco. Ao chegar à sua beira, apesar de sentir que estava possuído da Grande Força que emana do Universo e que, com ela, qualquer barreira, por maior que parecesse, tornar-se-ia pequena, resolveu sentar e contemplar a amplitude da paisagem, onde seu olhar podia desfrutar os trezentos e sessenta graus em torno de si.

Já não havia limites para a visão. Ela era ampla! Só a mente poderia restringir seu espaço, e esta também já havia vencido limites, rompendo a crosta craniana, atirando-se nas infinitas nebulosas de sóis, vencendo a barreira do espaço e do tempo e aninhando-se à Grande Mente Universal.

Por alguns instantes, havia penetrado no Portal Supremo. Seu corpo transcendia o espaço físico, planava como a Grande Ave da Montanha. Estava, finalmente, livre do peso que trazia na mochila das lembranças e, como uma pena, apto para ser embalado pelo vento, sabendo que, onde quer que aterrissasse, seria com suavidade, pois ali estaria a mão divina a amparar qualquer queda, indiferentemente da altura, ajudando-o a levantar para novamente flutuar pelos ares da vida.

Sabia que, de alguma forma, sua missão estava cumprida naquele caminho. Desprovido de qualquer vontade e de qualquer desejo senão o de ouvir a voz da intuição, de seu mestre interior, ao olhar para o lado esquerdo, vislumbrou uma figura coberta por um longo manto azul, como se flutuasse no ar. Ao avistá-la, as lágrimas correram em seus olhos, tamanha a emoção que sentiu. Seu coração encheu-se de profunda paz. A alegria tomou conta de todo o seu ser. A Luz e ele eram um só corpo.

Aquele manto era como uma forte luz incandescente, onde só uma silhueta era notada. Exalava um perfume suave e penetrante.

Aquela sua missão estava chegando ao término.

Ouviu uma voz doce, como se fosse um coro de anjos, que dizia: "Até aqui, ajudei-o na travessia. Agora vá, volte ao início da montanha e retorne por si só ao Meu encontro e, se aqui chegar, não irá apenas Me ouvir, mas Me verá e comigo caminhará, e isso Me dará grande alegria".

"...Caminhe, navegue, voe, liberte-se, antes que o tempo se vá e, com ele, leve seus sonhos, sua felicidade e, por fim, sua própria vida."

Este livro O ANDARILHO de Albino Neves é o volume de número 7 da Coleção Ocultismo e Esoterismo. Impresso na Editora Gráfica Líthera Maciel Ltda, a Rua Simão Antônio, 157, Contagem, para Editora Mandala, a Rua do Serro, 1399 - Santa Luzia - MG. No Catálogo geral leva o número 969/9B. ISBN 85-319-0420-X.